바른말 캠프

바른 말 캠프

은이재 글 | 손수정 그림

파랑서재

차 례

요주의 인물

❶번 학생 - 이은우

화장실에서 나오는데, 승수 무리가 은우를 둘러쌌다.

"너지? 빨리 내놔."

"뭘 내놔?"

"네가 내 떡볶이 쿠폰 훔쳐 갔잖아. 도장 열 개 찍힌 거. 그걸로 공짜로 먹으려고 말이야."

은우는 어이가 없어서 한바탕 욕이나 해 줄까 하다가 꾹 참았다. 전학 온 지 얼마 되지도 않았는데 말썽 일으키지 말라는 엄마의 당부가 생각나서였다.

"내가 훔친 거 본 사람 있어?"

"본 사람은 없지만 아무튼 너 맞잖아."

"나 아니야. 그러니까 비켜. 이상한 소리 하지 말고."

은우가 가려고 하자 승수가 은우를 벽으로 밀쳤다.

"쿠폰 내놓기 전엔 못 가."

"나 아니라고 했잖아!"

"그걸 어떻게 믿냐? 너 예전 학교에서도 띠부씰 훔치다 걸렸다며?"

그 순간 마음의 빗장이 툭, 어긋나는 소리가 들리는 것 같았지만 은우는 다시 한번 참으며 물었다.

"누가 그래? 내가 띠부씰인지 뭔지 훔쳤다고?"

은우는 승수의 입에서 제발 '오수호'라는 이름이 나오지 않길 바랐다. 하지만 기분 나쁜 예감은 꼭 틀리는 법이 없었다.

"나 수호랑 친구거든. 걔가 그러더라. 너 조심하라고. 잘 훔치고 말도 함부로 한다고."

은우는 더 이상 참고 싶지 않았다. 지금이야말로 매운맛을 보여 줄 때였다.

"너 같은 거지나 떡볶이 쿠폰 모으고 사 먹지. 난 그딴 거 필

요 없어! 거지새끼가 재수 없게!"

"뭐? 거, 거지?"

승수는 자기가 오해한 건 생각도 안 하고 은우의 거친 말에 놀란 것 같았다. 승수가 주먹을 꽉 쥐었다. 곧 저 큰 주먹이 은우의 얼굴로 날아올 기세였다.

"그래, 이 거지새끼야! 거지를 거지라고 하는데 뭐가 틀렸어? 옷도 구질구질하고. 으윽, 거지 냄새 역겨워."

은우는 승수의 큰 주먹이 겁나면서도 될 대로 되라는 심정으로 말을 멈추지 않았다. 부들부들 떨리던 승수의 주먹이 얼굴 위로 날아든 순간, 누군가 은우와 승수 사이에 끼어들었다.

"자, 잠깐만! 승수야, 말로 해. 은우가 안 훔쳤다잖아."

은우와 승수 사이를 가로막은 건 유준이었다. 유준이는 은우의 어릴 적 가장 친했던 친구였다. 은우가 다른 동네로 이사 가면서 헤어졌다가 최근에 전학을 오면서 다시 만나게 되었다.

"도둑이 자기가 훔쳤다고 인정하는 거 봤냐?"

"은우, 도둑 아니야. 왜냐하면 은우는 떡볶이 싫어해. 그 쿠폰으로는 순대나 튀김도 못 먹고 떡볶이만 먹을 수 있잖아. 쓸모도 없는 걸 왜 훔치겠어."

"그래도 쟤가 나한테 거지새끼라고…….."

"도둑으로 몰려서 기분 나쁜 건 사실이잖아."

"기분 나쁘다고 저렇게 막말해도 돼?"

"승수 너는 친구 말만 믿고 네 맘대로 오해했잖아."

유준이는 욕은 한마디도 안 하고 승수 말에 차분히 반박했다.

"그냥 서로 한 번씩 실수한 거라고 하고 그만하자."

"뭘 그만해? 저 멍청한 거지새끼가 먼저 시비를 거는데?"

"이 자식이!"

은우의 말에 승수가 다시 주먹을 치켜들었다. 그러자 유준이가 승수의 허리를 덥석 껴안으며 막았다.

"아휴, 그만! 승수야, 잠깐, 잠깐만!"

유준이가 다급하게 소리치더니 주머니에서 뭔가를 꺼내 승수에게 내밀었다.

"자, 떡볶이 쿠폰 두 장. 하나는 내가 모은 거고, 하나는 우리 형이 준 거야. 이거 받고 기분 풀어. 은우는 한 번만 봐주라."

도장 열 개가 찍힌 쿠폰을 확인한 승수가 슬그머니 주먹을 내렸다.

"크흠흠. 야, 이은우. 너 운 좋은 줄 알아."

승수 무리가 기분 나쁜 먼지를 일으키며 사라졌다.

"은우야 괜찮아? 많이 놀랐지?"

유준이가 곧장 은우에게로 몸을 돌려 물었다. 유준이의 맑고 착한 눈은 어릴 적 그대로였다.

"놀라긴 뭐가! 그리고 나 하나도 안 괜찮아. 네가 뭔데 내 일에 나서?"

"나는 널 도와주고 싶어서……."

"왜 승수 자식한테 한 번만 봐 달라고 해? 내가 잘못한 게 뭔데? 잘못한 것도 없는데 왜 봐 달라고 하냐고! 이 멍청아!"

"아……. 미, 미안해……. 난 승수가 너무 화내니까 너 다칠까 봐……."

"너처럼 비굴하게 비느니 얻어터지는 게 낫지. 그리고 너희형 진짜 못돼 처먹었잖아. 너한테 그런 쿠폰을 줄 리가 없는데. 승수 쿠폰, 네가 훔친 거 아니야?"

"어떻게 그런 말을……."

유준이의 티 없이 맑은 눈에 금세 눈물이 차올랐다.

"너 울보 버릇 못 고쳤구나. 뭘 잘했다고 울어? 찌질하긴."

"찌질하다는 말, 사과해. 은우야."

"싫은데? 너 찌질한 거 사실이잖아. 울보, 찌질이, 머저리!"

은우는 이쯤하면 유준이도 자기와 똑같이 독한 말을 내뱉을 거라고 생각했다. 하지만 유준이는 눈물이 그렁그렁 고인 눈으로 은우를 가만히 쳐다볼 뿐이었다.

"말도 제대로 못하는 멍청이 주제에. 할 말 없으면 비켜!"

은우는 유준이의 어깨를 툭 밀치며 먼저 걸어갔다. 유준이에게 이렇게까지 하려던 건 아니었지만 사과하고 싶지도 않았다. 원래 어릴 때부터 잘 울던 녀석이었으니까.

❷번 학생 – 강태오

마니또 미션 ❶

-마니또가 힘들어 할 때 등장해서 도와준다.

마니또 미션 ❷

-마니또에게 선물과 편지를 몰래 준다.
(단, 선물은 2000원을 초과해서는 안 됨!)

마니또 미션 ❸

-마니또의 장점을 찾아 칭찬한다.

태오는 마니또 미션 수행지를 읽고 한숨을 푹 내쉬었다.

'도대체 왜! 왜 하필 쟤가 걸린 거야?'

태오의 시선이 자신의 마니또인 은동이에게 향했다. 은동이는 단팥빵을 맛있게 먹고 있었다. 단팥빵은 태오가 마니또 미션 때문에 어쩔 수 없이 선물한 거였다.

태오는 은동이만큼은 자신의 마니또가 되지 않기를 바랐다. 은동이는 공부는 물론, 운동도 잘하지 못했다. 잘하는 거라곤 오직 먹는 것뿐이었다. 속도 없는지 누가 뭐라고 하면 히죽 웃기만 할 뿐 화를 내지도 않았다. 태오는 그런 은동이를 볼 때마다 가슴이 답답했다.

"태오야, 너 마니또 미션 수행 다 했어?"

태오 옆에서 밥을 먹던 성재가 물었다.

"아니. 하나밖에 못했어."

"응? 언제? 내가 네 옆에 계속 붙어 있었는데?"

성재는 태오의 마니또가 누군지 알아내려고 난리였다. 그래서 태오는 은동이에게 빵과 쪽지를 줄 때도 은동이 집에 몰래 찾아가 우편함에 넣어 두고 왔다.

"애들이 태오 네 마니또가 누군지 궁금해하더라. 특히 여자애들이. 다들 네가 자기 마니또가 아닐까 기대하고 있던데?"

"그러든가 말든가."

태오가 심드렁하게 대답했다. 태오의 머릿속은 어떻게 하면 나머지 미션을 최대한 빨리 끝낼 수 있을지, 그 생각뿐이었다. 다행히도 기회는 생각보다 빨리 찾아왔다. 체육 시간 축구 경기를 할 때였다.

"야, 이리 패스해! 패스!"

얼떨결에 공을 받게 된 은동이가 어쩔 줄 몰라 하며 쩔쩔맸다. 벌써 상대편에서 은동이가 가진 공을 뺏으려고 달려들기 시작했다. 그 순간, 은동이 뒤에 있던 태오가 태클을 걸어 공을 가로챘다. 은동이가 넘어지고 말았지만 태오는 그대로 드리블하며 질주해 득점에 성공했다.

"우아! 태오 봐. 같은 편끼리 태클을 해서 뺏다니."

시합을 구경하던 여자애들이 깔깔댔다.

"뭐, 일부러 넘어뜨리려던 건 아니야."

태오가 체육복에 묻은 흙을 털고 있는 은동이에게 시큰둥하게 말했다.

"알아. 태오 너 아니었으면 공도 뺏기고 애들이 뭐라고 했을 거야. 도와줘서 고마워."

은동이가 히죽 웃으며 대답했다. 보아하니 진심으로 고마워

14

하는 눈치였다.

'이 정도면 마니또 미션 ❶, '힘들어 할 때 도와주기'는 해결된 거겠지.'

태오는 속으로 아주 흡족했다. 반 아이들이 마니또 미션 해결인지 전혀 눈치채지 못한 데다, 슈퍼맨처럼 팀을 위기에서 구해 낸 역할까지 했으니 말이다.

"그래. 어디 다친 건 아니지?"

태오가 걱정하는 마음은 한 톨도 없이 물었는데도 은동이는 웃으며 괜찮다고 했다. 그 모습을 보며 태오는 머릿속에 한 가지 생각을 떠올렸다.

"은동이 넌 참 잘 웃는 거 같아. 난 웃는 게 좀 어색하거든. 잘 웃는 거 부럽다."

"정말? 나는 태오 네가 진짜 부러운데. 칭찬 고마워!"

'앗싸! 이걸로 마니또 미션 ❸, '장점 칭찬하기' 해결!'

태오는 모든 미션을 수행하자 아주 홀가분했다. 이제 평소처럼 뚱보 답답이 은동이를 신경 쓰지 않아도 되었으니까. 하지만 더 큰 문제는 그다음에 일어났다. 은동이가 태오에게 고민 상담을 해 온 것이었다.

"태오야, 그러니까…… 내가 수지를 좋아하거든……. 수지를 기쁘게 해 줄 방법이 뭐 없을까?"

"그걸 왜 나한테 물어?"

"너는 똑똑해서 아는 것도 많고 수지랑 친해 보이고 또……
나한테 잘해 주니까. 너라면 날 도와줄 수 있을 것 같아서."

은동이가 부끄러운 듯 머리를 긁적이며 배시시 웃었다. 그
얼굴을 보자 태오는 짜증이 치밀었다.

"너 바보야? 네가 내 마니또라서 잘해 줬던 거잖아."

"어……. 그렇지. 그래도 넌 좋은 애니까……."

태오는 한숨이 새어 나왔다. 수학 올림피아드 준비만 해도
바빠 죽을 지경인데! 은동이의 친한 척을 차단할 수 있는 강력
한 한 방이 필요했다.

"그래. 난 좋은 애니까, 널 도와줘야겠지."

"으응! 진짜 고마워! 내가 어떻게 하면 될까?"

은동이가 기대에 잔뜩 부푼 표정으로 태오를 쳐다보았다.

"아무것도 하지 마. 넌 절대 수지를 기쁘게 해 줄 수 없어.
넌 수지가 좋아하는 타입이 아니니까. 싫은 애가 친한 척하고
잘해 주면 짜증만 날 뿐이야."

태오를 향해 반짝거리던 은동이의 눈이 바닥으로 힘없이 떨
궈졌다.

"내 말 서운하게 들려도 어쩔 수 없어. 난 널 도와준 거야."

태오가 은동이를 내버려두고 자리를 뜨려는데, 은동이의 떨리는 목소리가 들려왔다.

"넌……? 태오 너도 내가 싫어? 내가 친한 척해서 짜증 나?"

태오의 대답을 기다리는 은동이의 눈빛이 간절해 보였다. 아니라고 말하기를 바라는 것 같았다.

"응, 싫어. 짜증 나. 넌 먹보 뚱보에다 공부도, 운동도, 노래도, 그림 그리기도, 다 못하잖아. 답답해."

태오는 말을 마치자마자 찬바람을 일으키며 돌아섰다. 은동이는 돌처럼 굳어 버렸는지 아무 대꾸도 없었다.

'너무 솔직하게 말했나? 아냐, 뭐 어때. 욕을 한 것도 아니고 다 사실인데.'

태오는 홀가분한 마음으로 책상에 앉아 수학 문제집을 펼쳤다.

❸번 학생 – 김미소

방과 후 연극 동아리 시간. 교실 안은 여느 때와 달리 긴장감으로 가득했다.

지난주 미소네 연극 동아리에서는 〈오즈의 마법사〉라는 작

품을 공연하기로 결정했다. 그리고 지금은 주인공 소녀 '도로
시' 배역에 누가 적합한지 투표 중이었다.

```
후보자
김미소, 서윤지
```

"마지막 표는…… 김미소. 자, 이로써 투표 결과는 5:5 동점
이 나왔구나. 투표가 동점일 때에는 선생님이 결정하기로 했었
지. 어디 보자…… 누구를 선택해야 할까."

선생님은 고민이 깊은 표정으로 미소와 윤지를 번갈아 보았
다.

"각자 어떤 도로시가 되고 싶은지 말해 볼까? 미소는 어떤
도로시가 되고 싶니?"

"저는 예쁘고 사랑스러운 도로시가 되고 싶어요."

미소는 조금도 망설임 없이 자신만만하게 대답했다. 어차피
다른 대답은 생각나지 않았다.

"저는…… 행복한 도로시가 되고 싶어요. 어디에 있든 행복
한 도로시요."

윤지가 조금 쑥스러운 듯 말했다.

'뭐야. 이상해.'

미소는 윤지의 답을 비웃으며 자신이 도로시가 될 거라고 확신했다.

"음……. 두 사람 다 아주 좋은 답변이었어. 덕분에 선생님 머리가 더 아파졌지만 그래도 선택은 해야겠지? 도로시 배역을 맡을 사람은…….."

미소는 어깨를 펴고 선생님과 눈을 마주쳤다. 그런데 그 순간, 선생님의 시선이 윤지에게 돌아갔다.

"서윤지. 오즈의 마법사 도로시가 된 걸 축하한다."

윤지는 얼떨떨한 표정이었다. 다른 친구들의 박수에도 좀처럼 기뻐하는 기색이 아니었다. 하지만 지금 이 결과를 더 믿을 수 없는 사람은 바로 미소였다.

'왜? 내가 아니고 윤지인 거지? 왜!'

이런 미소의 속마음을 듣기라도 한 건지 선생님이 말했다.

"사람들 눈에 예쁘고 사랑스러워 보이는 도로시도 좋지만 그것보다 더 중요한 건 스스로 행복한 도로시가 되는 거란다. 행복한 사람은 결국 누구보다 예쁘고 사랑스러워 보일 테니까 말이야."

미소는 어깨를 토닥이는 선생님의 손을 뿌리치고 싶은 걸 간

신히 참았다. 하지만 마음에 있던 말은 참지 못했다.

"윤지를 더 좋아하셔서 그런 게 아니고요?"

"으음……? 그럴 리가. 선생님은 모두를 공평하게 사랑해. 진심이란다."

선생님은 잠시 놀란 듯 보였지만 곧 따뜻하게 웃으며 대답했다. 하지만 겨우 그 정도로 칼바람 부는 미소의 마음을 녹일 순 없었다. 미소의 칼바람은 도로시가 된 윤지에게 매섭게 몰아닥쳤다.

"야, 서윤지. 도로시가 된 기념으로 한턱 쏘지 그래?"

집에 가는 길, 미소가 윤지를 불러 세웠다.

"아, 미소야. 나도 그러고 싶은데 집에 일찍 가 봐야 해서."

"왜 일찍 가야 되는데? 너 학원 안 다닌다며?"

"언니가 기다리고 있거든."

"그럼 언니한테 사 달라고 하고 셋이 같이 먹으면 되겠네."

"그게……. 언니가 좀 아파서. 내가 간호해 줘야 해."

"왜 네가 간호해? 엄마 있잖아."

"난 할머니랑 살아. 할머니가 일 가서 언니 혼자야."

'저건 말하기 불편한 얘기 아닌가?'

미소는 윤지의 담담한 대답이 조금 놀라웠다.

"그럼 너희 부모님 이혼한 거야?"

"응. 내가 아기일 때 그랬대. 엄마는 본 적이 없고 아빠는 3년 전에 돌아가셨어."

윤지는 남들이 숨길 법도 한 이야기를 담담하게 털어놓았다. 미소는 그제야 도저히 이해할 수 없었던 문제가 풀리는 것 같았다.

"아……. 이제 이해가 간다. 그래서 선생님이 너한테만 햄버거 사 줬던 거구나. 나 지난주 토요일에 너랑 선생님이랑 학교

앞 햄버거 가게에 있는 거 봤거든. 선생님이 너 엄마도 없고 아빠도 없어서 불쌍하니까 잘해 준 거네.”

그 말에 내내 담담하던 윤지가 멈칫했다. 윤지는 그늘이 짙게 드리운 까만 눈으로 미소를 가만히 보았다.

“햄버거 집은 내가 다른 공연 오디션 보고 싶어서 선생님께 여쭤보다가 가게 된 거야. 불쌍해서 사 준 게 아니고, 열심히 준비해 보라고 응원하느라 사 주신 거야.

미소를 탓하진 않았지만 윤지의 기분이 언짢다는 것쯤은 충분히 느껴졌다. ‘엄마 아빠가 없으면 불쌍한 건 당연한 건데, 왜 굳이 저렇게 바로잡으려고 하는 걸까?’ 미소는 윤지가 언짢아하는 게 우스웠다.

“선생님이 도로시 배역을 너로 결정한 것도 특별히 신경 써 주느라 그런 거 같은데? 엄마 아빠 없어도 주눅 들지 말라고 말이야.”

“그…… 그래. 그럴지도 모르지. 내가 돼서 미안해. 믿기 힘들겠지만 사실 난 미소 네가 도로시가 되어야 한다고 생각했어.”

윤지가 사과하자 미소는 안 그래도 나쁜 기분이 더 팍 상해 버렸다. 꼭 자신이 사람을 괴롭히는 마녀가 된 기분이었다.

“정말 미안해? 진짜 내가 되어야 한다고 생각했어?”

"응……. 진짜야."

"그럼 나한테 양보하든가. 너 어차피 공연 보러 와 줄 부모님도 없잖아. 그러니까 꼭 주인공이 아니어도 되지 않아?"

"미소야…… 너 어떻게 그런 말을…….'

윤지의 얼굴이 더없이 창백해지더니 아래로 힘없이 떨궈졌다. 두 손이 애처롭게 떨리고 있었다.

"역시 미안하다는 건 거짓말이었네. 그냥 넌 도로시가 하고 싶은 거야. 나처럼 솔직하게 말하지, 왜 착한 척을 해? 재수 없게."

'재수 없다'는 말까지 하고 나니, 그제야 억울하고 답답한 마음이 뻥 뚫리는 것 같았다. 미소는 한결 홀가분한 걸음으로 그 자리를 벗어났다.

블랙맨의 등장

    1박 2일 체험학습이 있는 날. 은우는 군것질거리가 잔뜩 든 가방을 메고 집에서 나왔다. 반에서 친한 친구는 없지만 이번 체험학습 장소가 놀이동산이라고 해서 조금 기대되었다.

    콧노래를 흥얼대며 골목을 지나치는데, 키가 큰 아저씨가 길을 막고 서 있었다. 아저씨는 흰 셔츠에 노란 넥타이를 맨 검은 양복 차림이었다.

    "이은우 맞지?"

    "그런데요."

    은우는 아저씨의 얼굴을 가까이서 보자 피식 웃음이 새어 나

왔다. 아저씨가 파리 눈처럼 생긴 검은 선글라스를 끼고 있어
서였다.

"나는 바른 말 캠프의 블랙맨이다. 친구들에게 험한 말을 달
고 사는 이은우, 네가 참가자로 선정되었다. 나와 함께 가자."

"바른 말 캠프가 뭔데?"

뚱딴지같은 아저씨 말에 은우는 너무 어이가 없어 반말이 튀
어나왔다.

"바르고 고운 말을 쓸 수 있도록 도와주는 곳이지. 학교 게
시판에 붙어 있는 참가자 모집 포스터를 봤을 텐데?"

아……! 흐릿하던 은우의 머릿속에 선명한 그림이 떠올랐다.
두툼한 빨간 입술에서 검은 연기와 함께 칼과 망치, 화살 같은
무기들이 쏟아져 나오는 그림. 참 기괴한 포스터였다.

"난 그딴 거 참가 신청한 적 없는데."

"포스터 내용을 자세히 안 읽어 본 모양이구나. 네가 참여하
길 간절히 바라는 사람이 있으면 참가자로 선정되는 거다."

"그게 누군데요?"

"그건 말해 줄 수 없다. 넌 참가를 할지 말지, 그것만 선택할
수 있어."

"웃기고 있네. 난 거기 갈 이유가 없어. 비켜요."

블랙맨은 길을 비키는 대신 들고 있던 가방에서 무언가를 꺼
냈다. 그걸 본 순간, 은우는 놀란 토끼 눈이 되었다. 블랙맨의
손에 들려 있는 건 은우가 애타게 갖고 싶어 하던 최신상 태블
릿이었다!

"바른 말 캠프에 참가해서 미션을 통과하면 이 태블릿은 네 것이 된다."

집에 있는 태블릿은 중학생 형 차지라서 은우는 만져 보기도 힘들었다. 엄마에게 태블릿 얘기를 꺼내 봤지만 엄마는 태블릿을 사이좋게 나눠 쓰라는 말뿐이었다.

'갖고 싶어! 너무너무!'

은우의 마음을 읽기라도 했는지, 블랙맨이 넌지시 물었다.

"어때? 이제 좀 구미가 당기나?"

"저 차에 타면 되죠?"

길가에 검은색 미니버스가 보였다. 옆면에 흰 글씨로 '바른 말 캠프'라고 쓰여 있어 한눈에 알 수 있었다. 은우는 차 앞으로 앞장서서 걸어갔다.

바른 말 캠프 미니버스에 가장 먼저 탄 사람은 태오였다. 블랙맨이 눈앞에 나타났을 때 태오도 은우처럼 불쾌해했다.

"난 캠프에 갈 정도로 나쁜 말을 한 적이 없어요. 심한 욕도 하지 않고 애들과도 잘 지내요. 내가 그 캠프에 참가하길 원하는 사람이 있다는 건 말이 안 돼요. 우리 반 인기투표 1등이 나라고요."

태오가 의기양양하게 말하자, 블랙맨은 싱긋 웃어 보였다. 그러더니 태오의 눈앞에 무언가를 들이밀었다.

'게임기? 무려 최신형이잖아!'

순간 태오는 자기 입이 바보처럼 벌어졌다는 걸 깨닫고 얼른 입을 다물었다. 하지만 시선은 게임기를 떠나지 못했다.

태오가 이 게임기를 사 달라고 했을 때, 엄마는 수학경시대회 1등을 조건으로 걸었다. 하지만 아쉽게 3등을 하는 바람에 게임기를 갖지 못했다. 이제 저걸 가지려면 곧 열릴 수학 올림피아드에서 금상을 받아야 했다.

"바른 말 캠프에 참가해 미션 수행을 완료하면 이 게임기는 네 거다."

결국 태오도 은우처럼 경품 때문에 이 버스를 타게 된 것이었다. 금상을 받을 자신이 없는 건 아니었지만 캠프에 참가하고 미션을 완료하는 게 조금 더 쉬워 보였다.

'도대체 어떤 미션이 있을까? '나쁜 말 안 쓰고 착한 말하기' 겠지? 참가자끼리 서로 칭찬도 하고 말이야. 쳇, 유치하긴. 하지만 뭐, 하루 쯤 그렇게 행동하는 건 어려운 일은 아니지.'

차를 타고 오는 동안 태오는 바른 말 캠프에서 벌어질 일을 상상했다. 그러다 문득 한 가지 질문에 생각이 멈췄다.

'근데 내가 이 캠프에 참가하길 원하는 사람이 대체 누굴까?'

아무리 생각해 봐도 그게 누군지 알 수 없었다. 그때 차 문이 열리고 누군가 또 올라탔다. 터질 것처럼 무거워 보이는 가방을 멘 남자애였다. 태오는 저 가방에 군것질거리가 가득할 거라는 걸 한눈에 알아보았다.

"서윤지죠? 내가 캠프에 참가하길 원하는 사람, 서윤지 맞죠?"

미소는 앞선 두 사람과 달리, 자신이 캠프에 가길 원하는 사람이 누군지 단번에 떠올렸다.

"그게 누구인지는 말해 줄 수 없다. 규칙이야."

"흥! 그러시겠죠."

미소는 한껏 비아냥거리는 말투로 대꾸했다.

"어후! 기분 나빠. 지가 뭔데 내가 이딴 캠프에 가길 바라는 거야?"

미소는 앞에 블랙맨이 있는 것도 상관하지 않고 큰 소리로 투덜거렸다.

"나도 서윤지 걔가 캠프에 갔으면 좋겠어요! 그러니까 서윤지도 불러요!"

날카로운 목소리와 명령을 하는 듯한 미소의 말투에 블랙맨은 미간을 찌푸렸다.

"그럴 수 없다. 험한 말로 상처를 받은 사람의 바람만 들어주거든."

"아, 왜요? 나도 상처받았거든요?"

"왜? 왜 상처를 받았지?"

블랙맨이 도무지 이해가 안 간다는 듯 되물었다. 그 태도에 미소의 화는 더 커져 버렸다.

"날 그 거지 같은 캠프에 보내 고생시키려고 하잖아요!"

블랙맨은 아무 말 없이 들고 있던 가방에서 무언가를 꺼내 들었다.

짙은 오렌지색 박스에 그려진 흰색 별 두 개. 바로 린스타 신발 박스였다!

'상자만 린스타고 안에 다른 신발이 들어 있을 거야.'

미소는 흥분한 표정을 들키기 싫어 일부러 이렇게 생각했다. 하지만 블랙맨이 상자를 열어 보인 순간, 미소는 탄성을 지를 수밖에 없었다. 너무 갖고 싶어 하던 최신상 운동화가 들어 있었기 때문이었다.

"근데 그거, 진품 맞죠? 짝퉁 아니죠?"

바른 말 캠프 버스에 오르려던 미소가 걸음을 멈추고 물었다.

"원하면 정품 감정서를 받아다 주지."

미소가 고개를 끄덕이고 버스에 올랐다. 버스 맨 앞자리와 뒷자리에 남자애가 한 명씩 앉아 있었다. 두 사람은 미소를 보고도 인사를 하지 않았다. 미소가 가운데 자리에 앉자 블랙맨이 말했다.

"마지막 탑승자 완료. 이제 바른 말 캠프로 출발한다."

버스가 빠른 속도로 달리기 시작했다.

원수는 외나무다리에서 만난다

두 시간 동안 달려서 도착한 곳은 크고 넓은 수련원이었다. 그래도 '캠프'라는 이름에 걸맞게 수련원 뒤편에 아주 큰 야영 장이 있었다. 야영장에는 벌써 커다란 텐트들이 쳐진 채였다.

수련원 강당에는 은우, 태오, 미소보다 먼저 온 아이들이 여러 명 있었다.

세 사람이 도착하자 누군가가 나타나 자기소개를 했다. 빨간 머리, 빨간 옷과 양말, 선글라스까지, 온통 빨간색투성이인 사람이었다.

"만나서 반갑다. 나는 캠프 담당자 레드맨이다."

강당에 모인 아이들은 레드맨이라는 이름을 듣고 저마다 킥킥거렸다. 차림새와 이름이 너무 딱 들어맞아서였다.

"오늘 모인 바른 말 캠프 참가자는 모두 열다섯 명이고, 세 명씩 한방을 쓰게 될 거다. 한 시간 뒤에 야영장에서 캠핑이 시작될 예정이다. 그전에 한방을 쓰는 친구들과 친해지도록."

레드맨이 사라지자 닫혀 있던 강당 문이 열렸다. 모두 우르르 빠져나갔지만 은우, 태오, 미소는 그 자리에서 머뭇거렸다. 무리 속에서 각자 절대 만나고 싶지 않은 얼굴들을 맞닥뜨렸기 때문이었다.

'그래, 같은 방만 아니면 돼.'

은우는 자기 이름표가 붙어 있는 방을 찾아다니며 속으로 빌었다. 하지만 자기 이름표가 붙어 있는 방 앞에 멈춰 섰을 때, '아, 왜!'하고 소리치고 말았다. 자기 이름표 위에 '오수호' 이름표가 떡 하니 붙어 있어서였다.

처음엔 그냥 이대로 돌아갈까 싶기도 했다. 하지만 그런 생각을 한 자기 자신에게 불쑥 화가 치밀었다.

"그래, 나도 이제 예전의 이은우가 아니라고!"

은우는 크게 심호흡을 한 뒤 방문을 열려고 했다. 그런데 안

쪽에서 문이 먼저 확 열렸다.

"이야, 이은우! 여기서 만나다니, 반갑다!"

문을 연 건 다름 아닌 오수호였다. 이전 학교에서 은우를 도둑으로 몰아 왕따시킨 주동자! 사실 은우가 전학을 가게 된 건 오수호 때문이었다. 이번에 새 학교에서 떡볶이 쿠폰 도둑으로 몰린 것도 다 이 녀석 때문이이고. 그런데도 오수호는 뻔뻔하게 반갑다고 했다.

"흥. 반갑긴 개뿔."

은우는 수호의 어깨를 밀치고 방으로 들어갔다.

"우리 이렇게 캠프에서 만난 것도 반가운데, 예전 일은 다 잊고 잘 지내자."

수호가 뒤따라 들어오며 말했다.

"저리 꺼져!"

"오, 이은우. 말하는 게 좀 멋있어졌는데? 하긴, 그러니까 이 캠프에 왔겠지?"

"닥쳐라."

"은우야, 예전 일은 미안해. 다 내 잘못이야."

은우는 미안하다는 말에 아주 잠깐 흔들렸다. 오수호가 그런 말도 할 줄 알다니……! 하지만 너무 쉽게 용서해 주는 게 싫어서 그냥 방을 나와 버렸다. 그런데 진짜 문제는 그 이후에 일어났다. 은우가 화장실 안에 있는데 오수호가 누군가와 통화하는 소리가 들렸다.

"이은우 그 자식, 여전히 멍청하더라. 내가 미안하다고 하니까 마음이 약해진 것 같던데? 푸하하. 미안하긴 뭐가 미안해. 아까 여기 애들한테 들었는데, 착한 말 많이 하면 미션 완료하는 데 유리하다더라. 그 자식 그것도 모르고……."

은우는 화장실 문을 박차고 나가 오수호 얼굴에 주먹을 날려 버렸다.

"야, 이 못된 놈아! 넌 망해야 돼! 죽어 버려!"

그 순간 귀를 찢는 경고음이 울려 퍼졌다.

귀를 찢는 경고음은 태오의 방에서도 울려 퍼졌다.

눈앞에는 태오와 같은 방을 쓰게 된 지후가 있었다. 원수는 외나무다리에서 만난다더니, 여기까지 와서 지후를 만나게 될 줄은 몰랐다.

지후는 태오의 라이벌이었다. 엄마들끼리도 아는 사이라 엄마는 태오와 지후를 자주 비교했다. 그래서 태오는 지후를 떠올리는 것만으로도 스트레스였다.

"여기서 만나니까 반갑다. 태오야, 공부하느라 힘들지? 그래도 우리 열심히 해 보자."

"어……. 그래."

'야, 그렇게 공부해서 되겠냐?'라는 비아냥거림을 달고 살던 지후가 저런 말을 하다니. 태오는 좀 의아했다. 그래도 나쁜 말로 되받아치지 않고 얌전하게 대답해 주었다. 하지만 학원 친구가 보내 준 지후의 문자 메시지를 본 순간, 태오는 열이 뻗칠 대로 뻗쳐 버렸다.

> **최강 지후**
> 태오 그 자식은 돌머리야. 제까짓 게 아무리 열심히 해 봤자 내 발밑이지. 이번 수학 올림피아드 금상도 이 서지후님 거다. 후후~
>
> 오후 6:15

"서지후 너! 앞에선 위해 주는 척하고 뒤에선 이딴 톡을 날려? 비열한 자식."

"여기 바른 말 캠프야. 여기 들어온 순간부터 바른 말, 착한 말을 해야 미션을 완료하지. 너 이 게임기 갖고 싶은 거 아냐?"

지후가 눈앞에 게임기를 들어 보이며 말했다.

"난 신발 때문에 여기 온 건데, 넌 게임기 때문에 왔지? 지난 번 수학 경시대회 1등 못해서 못 가졌잖아. 내가 그냥 이거 줄까? 어차피 넌 영원히 못 가질 거 같으니까."

"왜 못 가질 것 같은데? 내가 돌머리라서? 흥! 돌머리는 너지. 과외 일곱 개 하기 전엔 나한테 게임도 안 됐잖아. 네 머린 돌이라 안 부서질 테니까 이거부터 부숴 줄게."

태오는 지후의 손에 들린 게임기를 낚아채 바닥에 내던졌다. 그런 뒤 옆에 있던 우산으로 내려쳐 아예 박살을 내 버렸다. 경고음이 울려 퍼진 것은 그때였다.

마지막 경고음이 울려 퍼진 곳은 미소가 있는 곳이었다. 미소는 여기서 시아를 봤을 때 다시 한번 좌절했다. 안 본 사이에 시아의 키가 자신보다 한 뼘이나 더 자라 있었기 때문이었다.

"어머, 반가워, 미소야. 우리 얼마 만에 본 거지? 네가 발레 학원 그만두고 나니까 학원 다닐 맛이 안 나더라."

"흥! 놀림감이 없어져서 그랬겠지."

"놀리긴. 그냥 조금 장난친 건데, 네가 학원까지 그만둘 줄은 정말 몰랐어."

"뭐? 장난? 아무리 발레를 잘해 봤자 폼이 안 난다며? 우습

다며? 내가 땅꼬마에 왕 대두라서!"

시아가 다른 친구에게 깔깔거리며 했던 험담을 미소는 아직도 기억했다. 2년 전이지만 어제 일처럼 마음에 콕 박혀 있는 말이었다.

"그건…… 솔직히 말하면 미소 네가 발레를 나보다 잘하니까…… 샘나서 그런 거야. 이제라도 화 풀었으면 좋겠어."

시아가 미소의 손을 붙잡고 말했다. 시아의 손은 부드럽고 따뜻했다. 하지만 미소는 그 손을 뿌리치고 밖으로 나왔다.

'그렇게까지 말하는데 한 번 봐줄 걸 그랬나?'

미소는 시아의 손을 매몰차게 뿌리치고 나온 게 조금 신경 쓰였다. 하지만 그런 마음은 10분도 못 되어 산산조각 나고 말았다. 야영장 근처에서 시아의 목소리를 들어 버렸기 때문이었다. 시아는 레드맨에게 질문을 하고 있었다.

"제가 좀 전에 친구한테 착한 말을 했거든요. 이런 거 많을수록 미션 수행 때 가산점 있죠?"

'아까 나한테 했던 말이 다 가짜였다니!'

미소는 시아에게 속은 자신이 바보 같아 못내 분했다. 레드맨은 대답 대신 싱긋 웃으며 사라졌다. 미소는 당장 달려가 시아의 긴 머리를 쭉 잡아당겼다.

"이 못된 계집애! 너는 뭐 예쁜 줄 알아? 다 머리빨이면서! 이 닭대가리야!"

미소는 시아의 긴 머리카락을 밧줄처럼 있는 힘껏 잡아당겼다. 그런 미소를 기다리는 건 귀를 찢는 경고음이었다.

"이거 놔! 놓으라고!"

"내 발로 갈 테니까 이거 좀 놔요!"

"꺅! 놔요! 놔!"

은우 태오 미소는 경고음과 함께 어디선가 튀어나온 블랙맨들에게 붙잡혀 허우적거렸다. 아무리 애를 써도 발이 땅에 닿지 않았다. 세 사람은 공중에 뜬 채로 어디론가 끌려갔다.

이윽고 블랙맨들이 세 사람을 내려놓았다. 조그만 빛도 들어오지 않는 아주 깜깜한 곳이라 아무것도 보이지 않았다.

"나 어두운 거 너무 싫은데……. 불 좀 켜 줘요!"

미소의 목소리가 떨렸다.

"불 켜! 불 켜라고!"

"진짜 너무하네. 보이게는 해 줘야죠!"

소리 지르는 은우도, 따지는 태오도 두려운 건 마찬가지였다.

그때 위에서 엄청난 빛이 세 사람을 비췄다. 이번엔 너무 밝

아서 보려고 해도 도저히 볼 수 없었다.

"아앗! 눈부셔!"

"뭐가 이렇게 극과 극이야!"

"적당히 좀 하라고!"

세 사람의 아우성과는 다르게 빛은 점점 더 밝아졌다.

'이대로 눈이 멀어 버리는 건 아닐까? 아니, 몸이 녹아 버리
는 건 아닐까?

세 사람은 엄청난 빛 앞에 두려움을 느꼈다. 이대로 빛 속에
흡수되어 없어질 것 같은 이상한 느낌이 온몸을 휘감았다.

'으윽……. 빛이 날 당기고 있어!'

'모, 못 버티겠어!'

'설마 죽는 건가…….'

빛이 무시무시한 힘으로 세 사람을 빨아들였다. 거대한 빛
속에서 세 사람은 점점 의식을 잃어 갔다.

천냥마을

어디선가 시원한 바람이 불어왔다. 눈을 뜰 수 없게 하던 엄청난 빛도 사라졌다. 눈앞에는 푸르른 하늘이 가득했다. 하늘이 예쁘다고 생각한 것도 잠시, 세 사람은 옆으로 시선을 돌리다 서로를 보고 깜짝 놀랐다.

"뭐, 뭐야? 몸이 하늘에 떠 있잖아?!"

"비행기도 안 탔는데 어떻게 하늘을 날아?"

"이건 꿈일 거야!"

허공에 떠 있다는 걸 깨달은 순간, 몸이 땅으로 곤두박질치기 시작했다.

"아앗!"

"안 돼!"

"살려 줘!"

세 사람은 비명을 지르며 눈을 질끈 감았다. 멈추고 싶었지만 할 수 있는 건 아무것도 없었다.

"쿵!"

마침내 어디론가 떨어졌다. 하지만 어쩐 일인지 전혀 아프지 않았고 등에 닿은 느낌이 푹신하기까지 했다. 눈을 뜨고 얼른 주위를 살폈다. 세 사람이 떨어진 곳은 새 둥지같이 생긴 곳이었다. 수풀 속 움푹 파인 곳에 볏짚이 층층이 쌓여 있고, 그 위로 두툼한 갈색 담요가 여러 겹 깔려 있었다.

"새 둥지는 아닌 거 같은데? 알도 없잖아."

"맹수의 잠자리인가? 하지만 이건 사람이 쓰는 담요 같은데?"

"사람을 죽이고 담요를 빼앗은 거라면……?"

세 사람이 상상만으로 오싹해진 순간, 갑자기 무언가 화다닥 다가오는 소리가 들렸다. 그러더니 수풀 사이로 얼굴을 쑥 디밀었다.

"악!"

부스스한 머리에 무성한 턱수염, 동물 가죽으로 몸을 가린 차림새까지. 정글 속 원시인 같은 그를 보고 세 사람은 동시에 비명을 질렀다. 원시인은 시끄러웠는지 귀를 틀어막았다.

"너 누구야!"

미소의 물음에 원시인이 또박또박 대답했다.

"그건 내가 묻고 싶은 말인데. 내 잠자리에 앉아 있는 건 너희들이니까."

"여기가 누구 잠자리인지 알 게 뭐야?"

"우린 갑자기 하늘에서 떨어진 거라고!"

은우와 태오의 대답에 고개를 갸우뚱하던 원시인이 손가락을 탁 튕기며 말했다.

"아! 바른 말 캠프에서 온 아이들이구나? 오늘 캠프에서 손님을 보낸다고 했거든."

'바른 말 캠프'라는 말에 세 사람은 그나마 안도했다. 이곳이 정체불명의 공간은 아닐 거라는 생각 때문이었다.

"내 이름은 모리. 우리 마을 가장 바깥 쪽, 제일 높은 곳에 살면서 마을에 소식을 전하는 일을 맡고 있지. 너희들 이름은?"

"이은우."

"강태오."

"김미소."

세 사람은 마치 짠 듯이 달랑 이름 세 글자만 말했다. 몹시 못마땅한 표정은 덤이었다.

"난 너희보다 나이가 훨씬 많은 어른인데 모두 반말을 하다니, 역시 바른 말 캠프 문제아들이 확실하네!"

모리가 엉킨 턱수염을 쓸어내리며 말했다. 그러더니 세 사람을 번쩍 들어 옆구리에 나눠 끼고는 성큼성큼 걸어가기 시작했다. 모리는 네모난 수레에 세 사람을 툭 던지듯 내려놓았다. 다행히 수레에도 볏짚이 깔려 있어 아프진 않았다.

"우리가 물건이야? 이게 뭐야?"

"어딜 가는 건데?"

모리는 질문엔 답해 주지 않고 통보하듯 한마디 던졌다.

"꽉 잡아!"

곧 푸른 말 한 마리가 끄는 커다란 수레가 쏜살같이 달려 나갔다.

모리의 수레가 멈춘 곳은 사람들이 오가는 드넓은 광장이었다.

"우웩. 어지러워 죽는 줄 알았네."

수레의 빠른 스피드에 시달린 은우는 정신을 차리려고 애썼다.

"여긴 아주 오래된 도시 같아."

태오가 안경을 고쳐 쓰며 말하자 미소가 맞장구쳤다.

"그러게. 꼭 동화책에서 본 마을 같은데."

그때 모리가 말에서 내리더니 다시 셋을 옆구리에 나눠 꼈다. 모리는 세 사람을 광장 한가운데 있는 단상 위에 내려놓았다.

"왜 자꾸 이래? 나도 다리가 있다고!"

모리는 은우의 말을 들은 척도 않고 단상에 높이 솟아 있는 종을 쳐 댔다.

"왔어요, 왔어! 바른 말 캠프에서 보낸 손님들이 왔습니다!"

곧 사람들이 순식간에 벌떼처럼 모여들었다. 백 명도 훨씬 넘어 보이는 수에 세 사람은 조금 당황스러웠다.

"뭐야! 기분 더러워. 꼭 동물원의 원숭이가 된 것 같잖아!"

"아, 시끄러워 죽겠네. 원숭이는 귀엽기라도 하지. 지금 네 모습은 성난 고릴라 같거든?"

미소가 사사건건 소리부터 지르는 은우를 째려보며 말했다. 화가 난 은우가 한마디 쏴 주려는데, 한 사람이 외쳤다.

"페토 님이시다!"

사람들이 양옆으로 비켜서며 길을 트자, 웬 할아버지가 보였다. 치렁치렁한 흰 망토에 배꼽까지 내려올 정도로 긴 수염, 하얀 지팡이까지. 할아버지는 마법사처럼 신비한 분위기를 풍겼다.

"우리 천 냥 마을에 온 걸 환영한다. 나는 이 마을의 대장 페토라고 한단다."

페토 할아버지가 인자한 미소로 인사를 건넸다.

"천 냥 마을? 천 원이면 살 수 있다는 건가? 우히히."

은우의 썰렁한 농담에 태오와 미소가 한숨을 내쉬었다.

"너희들 '말 한마디로 천 냥 빚을 갚는다'라는 말을 알고 있니?"

"당연하죠. 말 한마디가 아주 중요하다는 뜻을 가진 속담이잖아요."

태오가 별거 아니라는 듯 대답했다. 태오에게 이런 문제는 너무나 쉬웠다. 페토 할아버지가 고개를 끄덕이며 말했다.

"옛날에 우리 마을이 너무 가난해서 어려웠던 때가 있었단다."

할아버지가 이야기를 시작하려는데 태오가 따분한 표정으로 끼어들었다.

"혹시 빚을 천 냥 지고 있었는데, 말 한마디를 잘해서 빚을 다 갚게 되었다, 이런 뻔한 얘긴 아니죠?"

"아니, 맞다. 그때부터 우리 마을 이름이 천 냥 마을로 바뀌었지. 넌 참 똑똑하구나."

페토 할아버지가 태오를 칭찬하자 미소가 끼어들었다.

"풉. 그 정도는 나도 알겠어요. 너무 유치하니까요."

"그럼 그때 우리 마을을 지키던 대장이 마왕에게 돈을 빌리러 가서 한 말이 뭔지, 그것도 맞힐 수 있겠니? 우리 마을을 위기에서 구해 준 그 말 말이다."

"최고로 대단한 능력자 마왕님, 제발 돈을 빌려주세요!라고 사정했겠죠."

"열심히 일해서 갚을 테니까 믿고 빌려 달라고 제안했겠죠."

"맞아요. 나중에 잘되면 은혜를 잊지 않고 열 배로 갚을 테니까 빌려 달라고요."

세 사람의 대답에 페토 할아버지가 고개를 저었다.

"전부 아니다. 그때 대장님께서는 마왕에게 돈을 빌려 달라고 하지 않았어. 대신 이렇게 말했단다. '괜찮아요? 얼굴이 안 좋아 보여요. 우리 마을 때문에 고민하게 해서 미안해요.'"

"에이, 그게 뭐야."

"그러게. 누가 누굴 걱정해."

"마왕은 원래 얼굴이 어둡고 상태도 별로였을 것 같은데, 마왕이니까."

세 사람은 전부 이해할 수 없다는 표정이었다.

"그때까지 마왕에게 괜찮냐고 물어보며 그를 걱정해 주는 사람은 단 한 명도 없었단다. 어떤 사람들은 잘못을 해 놓고 미안하다고도 하지 않았지. 모두 마왕을 나쁜 놈이라고 말하며 손가락질하기 바빴단다. 어쨌든 마왕은 대장님의 말에 큰 감동을 받아 우리 마을이 진 빚을 모두 갚아 주었단다."

"우욱. 착한 척 토 나와."

은우는 토악질을 하는 시늉을 했고 태오는 마왕을 비웃었다.

"겨우 그런 말로 빚을 모두 갚아 주다니, 마왕이 아니라 바보왕 같은데?"

"그러게 말이야. 전부 다 유치해."

미소도 피식 웃으며 거들었다. 하지만 자신들을 바라보는 마을 사람들의 싸늘한 시선을 느끼곤 웃음을 멈추었다. 페토 할아버지가 말을 이었다.

"바른 말 캠프는 마왕님이 만들었다는 소문이 있는데, 거기서 말을 제일 함부로 하는 사람들을 우리 마을로 보내곤 한다."

"흠, 그러니까 우리가 뭐 블랙 리스트라는 말이네요?"

태오의 물음에 할아버지는 긍정의 눈빛으로 세 사람을 물끄러미 바라보았다.

"우린 그런 문제아가 아니라고요!"

"분명 뭔가가 잘못된 거예요."

은우와 미소도 말을 보탰다. 세 사람은 어느새 한편이 되어 있었다.

"아무튼 다시 돌려보내 주세요. 가는 길을 알려 주던가."

태오의 말에 다른 두 사람도 고개를 끄덕였다. 그러자 페토 할아버지가 긴 수염을 쓸어내리며 한마디 했다.

"우리 마을에 너희들이 찾는 보물이 있다고 했는데."

"보물이요?"

"어디 보자, 보물이 뭐였더라? 태블릿, 게임기, 신발? 이런, 신발 빼곤 나는 다 모르는 것들이구나."

페토 할아버지가 품에서 종이를 꺼내 들고 읽었다. 그 순간 세 사람은 휘둥그레진 눈으로 서로를 바라보았다.

구라를 조심해!

"다들 잠깐 이리 와 봐."

태오가 은우와 미소에게 눈짓했다. 그러자 두 사람이 순순히 태오 뒤를 따라왔다.

"우리 셋은 처음 본 사이지만, 지금 같은 상황이라면 우리가 힘을 합치는 수밖에 없다고 생각해. 어쨌든 우리 셋만 이 마을 사람이 아니잖아."

"음, 그건 맞아."

미소가 고개를 끄덕이며 동의했다.

"서로 원하는 물건을 찾는 걸 도와주자는 거지?"

은우가 태오의 생각을 간파하고 물었다.

"맞아."

"그럼 각자 원하는 물건이 뭔지 확인부터 해 보자. 겹치면 경쟁자가 되니까."

"난 게임기."

"난 신발."

은우의 말에 태오와 미소가 재빨리 대답했다.

"난 태블릿. 다행이다, 겹치지 않아서. 좋아. 그럼 동맹을 맺는 거야."

은우가 손등을 뻗어 내밀자 태오와 미소가 차례로 손을 겹쳤다. 세 사람은 조용하고 은밀하게 '파이팅'을 외친 뒤 페토 할아버지 앞으로 돌아왔다.

"우린 이 마을에 남아 보물을 찾은 후에 떠나기로 했어요."

태오의 말에 페토 할아버지는 그럴 줄 알았다는 듯 빙긋 웃어 보였다.

"하지만 우린 이곳을 잘 모르니까 보물을 찾다가 길을 잃을 수도 있잖아요. 위험한 곳에 갈 수도 있고요."

"맞아요. 그러니까 길 안내를 해 줄 사람이 필요해요."

미소의 말에 은우가 맞장구를 쳤다.

"흐음, 그것도 그렇구나. 걱정 마라. 마침 그런 일에 딱 맞는 사람이 있으니."

생각보다 쉽게 요구 사항이 받아들여지자 세 사람은 속으로 기뻐했다. 그런데 그때 다급한 목소리가 들려왔다. 어떤 아저씨가 헐레벌떡 뛰어와 헉헉대며 말했다.

"큰일 났습니다! 저기에 또 우리 아이들이……!"

광장에 있던 사람들이 아저씨를 따라 우르르 몰려갔다. 세 사람은 마을 사람들에게 떠밀려 하마터면 다칠 뻔했다. 방금 전까지 눈앞에 있던 페토 할아버지까지 보이지 않았다.

"아이 씨, 뭐야? 할아버지는 또 언제 사라진 거야?"

"사람들을 따라가야 해! 놓치기 전에 뛰자!"

태오가 말과 동시에 달려 나갔다. 은우와 미소도 재빨리 뛰기 시작했다.

마을 사람들은 다행히 그리 멀지 않은 곳에 멈춰 서 있었다. 키가 큰 어른들에게 가려 무슨 상황인지 보이지 않았지만 안타까워하는 목소리는 생생하게 들렸다.

"아이고, 어쩌나!"

"아가, 엄마야! 이리 오렴!"

"싫어! 엄마 꺼져! 아빠 꺼져!"

"아가, 엄마 아빠한테 그런 말을 하면 안 된단다!"

"흥! 웃기시네!"

버릇없는 꼬마와 속상해하는 엄마 아빠는 한둘이 아니라 여럿인 것 같았다.

"말 한마디에 천 냥 빚을 갚는다고 천 냥 마을이라더니, 저렇게 말하면 빚을 갚기는커녕 만 냥은 더 지겠네. 헤헤."

"함부로 말하지 마라. 우리 아기들은 구라에게 당해서 그런 거야!"

은우의 비웃음에 옆에 있던 한 아주머니가 나무랐다.

"구라? 흥! 당하긴 뭘 당해요? 그냥 지가 말을 저렇게 하고 싶으니까 하는 거지."

그 순간 앞을 가로막고 있던 마을 사람들이 한쪽으로 비켜서며 길을 텄다.

"자 봐라! 우리 아기들의 모습을."

마을 사람들의 따가운 눈총에 세 사람은 앞으로 몇 걸음 걸어 나갔다. 그러자 네 살에서 다섯 살로 보이는 네 명의 꼬마들이 나란히 서 있는 게 보였다.

"헉! 이, 입이⋯⋯!"

꼬마들을 본 미소는 놀라서 말을 잇지 못했다. 모두들 입술이 시퍼렇게 멍들어 있었다. 책에서 본 저승사자의 입술처럼 검붉고 시퍼런 데다, 눈 주위는 몹시 시커멨다. 마치 악마의 끔찍한 저주에 걸린 듯한 모습이었다.

"구라가 우리 마을 아기들을 모두 잡아다가 저렇게 만들어 버리고 있단다. 구라의 술수에 당한 아기들은 모두 험하고 나쁜 말만 내뱉게 돼."

"구라가 누군데요?"

미소의 물음에 옆에 있던 아주머니가 대답했다.

"우리 마을이 진 천 냥 빚을 갚아 준 마왕의 아들이란다."

"아버지는 빚을 갚아 주고 도와줬는데, 아들은 왜 못살게 구는 거지?"

태오가 고개를 갸우뚱했다. 그때 한 아저씨가 말했다.

"우리 아기들에게 걸린 구라의 마법을 푸는 걸 도와주겠니?"

"어떻게 하면 되는데요?"

"아기들에게 예쁜 말, 고운 말을 해 주는 거야. 예를 들면 사랑한다는 말이나 소중하다는 말."

"우웩. 그게 뭐야. 난 못 해, 못 해."

은우가 고개를 흔들며 손사래를 쳤다.

"그런다고 풀릴 거 같지 않은데?"

"그러게. 차라리 마왕의 아들 구라인지 뭔지를 없애는 게 낫
겠다. 마법을 건 사람을 없애면 그 마법도 풀어질 거 아냐."

미소와 태오도 고개를 가로저으며 한숨을 쉬었다. 마을 사람
들은 곧 꼬마들을 향해 온갖 다정한 말들을 퍼붓기 시작했다.

"사랑하는 아가야, 소중한 아가야, 너희는 씩씩한 아이들이
란다! 구라의 마법에서 빠져나올 수 있어, 힘내!"

귀에 쏟아지는 달콤한 말들 때문에 세 사람은 속이 불편할
지경이었다. 아기들의 끔찍한 모습에도 전혀 변화가 없었다.

"여기 사람들은 모두 유치하고 한심한 것 같아."

은우가 태오와 미소에게만 들릴 만큼 작은 소리로 말했다.
그런데 그때 누군가 은우의 말에 동조하며 크게 웃었다.

"오, 나랑 생각이 비슷한 사람이 있었구나! 모두 한심한 놈
들이지! 하하하!"

웃음소리가 들리는 곳은 머리 위였다.

"앗! 구라가 나타났다!"

마을 사람의 외침에 세 사람은 고개를 들어 위를 바라보았
다. 하늘 위에 새빨간 망토를 입은 구라가 떠 있었다. 구라의
쭉 찢어진 눈과 얇은 입술은 모두 빨간색이었다. 마치 가면을

쓴 것 같은 얼굴이었다.

"구라! 제발 그만해라! 너 때문에 우리 마을엔 온통 아픈 아기들뿐이다. 너희 아버지 마왕님을 생각해 봐. 네가 이러는 걸 알면 정말 속상하실 거다."

페토 할아버지가 엄하게 소리쳤다.

"감히 나를 그딴 말로 설득시키려 하다니. 소용없다! 마왕은 내 아버지가 아니야! 너희들의 세 치 혀에 속아 넘어가 너희를 도와준 나약한 자일 뿐. 내 아버지로 인정할 수 없다!"

분노한 구라가 아기들을 향해 손을 뻗더니 주문을 외듯 명령했다.

"자, 아이들아, 맘껏 소리 질러라! 증오의 말들을 쏟아 내라!"

구라의 손에서 나온 검은 연기가 아기들의 몸을 감싸자 아기들의 입에서 온갖 험한 말이 쏟아져 나왔다. 그러면서 아기들은 점점 힘을 잃어 갔다.

"그래도 아직 어린 아기들인데 너무 힘들어 보여!"

미소가 안타까운 얼굴로 아기들을 바라보았다. 마을 사람들은 계속해서 따뜻한 말을 했지만 여전히 아무 소용도 없었다.

"아오, 답답해! 저런 놈한텐 같이 욕을 해 주는 게 더 좋은 방법이라고!"

은우가 가슴을 탕탕 치다 성큼 앞으로 나섰다. 그러더니 구라를 향해 욕을 하기 시작했다.

"야 이 구라 자식아! 이 나쁜 놈아! 미친놈아! 어린 아기들한테 무슨 짓이야? 너 정말 죽고 싶어?"

"그래, 이 시뻘건 고깃덩어리같이 냄새나게 생긴 놈아! 너옷 입는 센스 진짜 구려. 아니, 생긴 것도 구려. 이름을 구라가아니라 '구려'로 지었어야 돼!

"악당이 부하도 없는 거 보니까 왕따네. 하긴, 너 같은 애를누가 따르겠냐? 딱 봐도 멍청해 보이는데."

미소와 태오도 구라를 향해 욕을 내뱉었다.

'으응? 처음 보는 녀석들인데? 아, 바른 말 캠프에서 왔나보군. 거기선 늘 내 맘에 드는 사람들을 보내곤 하지. 그런데이번엔 진짜가 나타난 것 같네. 말에서 느껴지는 악의 기운이대단한 걸 보니 말이야.'

세 사람의 기세에 놀란 구라가 잠시 주춤했다. 그러자 세 사람은 계속 더 험한 말로 밀어붙였다.

"좋아, 너희들의 실력은 잘 알았다. 오늘은 이쯤 해 두지. 다음에 또 보자고."

구라가 순식간에 사라졌다. 그와 동시에 마을 사람들을 향해 소리를 지르던 네 명의 아기들도 힘없이 픽 쓰러져 버렸다.

"봐요! 구라 놈이 사라졌어. 나쁜 놈 상대에는 같이 욕을 해 주는 게 최고라고!"

"맞아."

은우의 말에 태오와 미소도 동조하며 고개를 끄덕였다. 하지만 마을 사람들은 그런 세 사람을 걱정스러운 눈으로 바라보았다. 그들은 쓰러진 아기들을 감싸 안고 뿔뿔이 흩어졌다.

"구라는 너희들이 무서워 사라진 게 아니란다."

페토 할아버지가 나지막이 말했다.

"흥. 구라가 우리 기세에 주춤한 걸 똑똑히 봤다고요."

태오는 도움을 받은 걸 인정하지 않는 사람들이 비겁하다고 생각했다.

"아니. 그건 구라가 여기 있는 세 사람을 보았기 때문이다."

페토 할아버지의 시선이 어딘가로 향했다. 그 시선이 멈춘 곳엔 은우와 태오 또래로 보이는 아이들이 있었다. 공교롭게도 그 아이들도 남자아이 두 명에 여자아이 한 명이었다. 그런데 그 아이들의 얼굴을 본 순간, 은우, 태오, 미소는 모두 소스라치게 놀라 얼어붙고 말았다.

람바, 몽보, 로니

"얘들아, 서로 인사들 나누려무나. 저쪽은 이번에 바른 말 캠프에서 온 손님들이란다."

페토 할아버지의 말에 세 아이들은 생기 넘치는 목소리로 인사를 건넸다.

"안녕? 나는 람바야."

"나는 몽보!"

"나는 로니야. 만나서 반가워!"

람바, 몽보, 로니의 인사에도 바른 말 캠프의 세 사람은 굳은 얼굴을 풀지 못했다. 람바, 몽보, 로니가 자신들이 아는 사람

과 너무 똑같이 생겼기 때문이었다. 은우는 람바가 내민 손을
쳐내며 화를 냈다.

"람바라니, 넌 유준이잖아. 여기까지 날 따라 온 거야?"

"몽보라고? 어이가 없다. 은동이 너 여기서 뭐 하는 거야?"

태오가 안경을 고쳐 쓰며 삐딱하게 물었다.

"로니 좋아하시네. 서윤지, 가발까지 쓰고 온 거야? 너 지금
연기하는 거지?"

미소가 팔짱을 끼고 로니를 노려보았다.

"유준이? 그게 누구야?"

"은동이? 난 오늘 널 처음 보는데."

"윤지라니? 난 로니인데."

천 냥 마을의 세 아이들은 전부 금시초문인 얼굴이었다.

"진짜 왜 이래? 웃기지 좀 마."

"허! 정말 날 바보로 아는 거야?"

"연기 좀 집어치우라고!"

바른 말 캠프 아이들의 으르렁거림에도 람바 몽보 로니는 눈
만 껌벅일 뿐이었다.

"이 아이들은 우리 마을에서 태어나고 자랐단다. 우리 마을
사람들 중엔 이전에 너희를 본 사람들이 없을 거야. 우리는 모

두 마을 밖을 벗어나지 않기 때문이지. 람바, 몽보, 로니는 구라의 위협으로부터 우리 마을을 지키는 수호자의 임무를 지니고 태어났단다. 좀 전에 구라가 도망친 건 이 아이들을 봤기 때문이지."

페토 할아버지의 말에 세 사람은 잠시 할 말을 잃었다.

람바가 아무리 피터팬 같은 차림새여도 얼굴은 분명 유준이었고, 몽보가 '플랜더스의 개'에 나오는 우유배달 소년 네로 같은 차림새여도 은동이 얼굴과 똑같았다. '오즈의 마법사' 도로시 같은 차림을 하고 있는 로니도 윤지의 얼굴인 건 마찬가지였다.

"그러니까 저 셋 모두 우리가 각자 아는 얼굴이라는 거네?"

태오의 상황 정리에 미소가 고개를 끄덕였다.

"응. 어떻게 이런 우연이 있을 수 있지?"

"우연이 아니지! 이건!"

은우가 버럭 소리 질렀다.

"우연이 아니면 뭔데?"

"……."

하지만 미소의 물음에는 대답하지 못했다. 어차피 이 마을에 오게 된 것부터가 이상했다. 그러니 이런 우연쯤이야 이 마을에서는 흔한 건지도 모른다.

"람바, 몽보, 로니. 바른 말 캠프 손님들은 우리 마을에서 보물을 찾고 있단다. 손님들이 보물을 찾을 수 있게 도와주렴. 마을 안내도 해 주고 말이야."

"네!"

페토 할아버지 말에 람바 몽보 로니가 힘차게 대답했다. 페토 할아버지는 눈 깜짝할 사이에 사라져 버렸다. 마을 한복판에는 이제 바른 말 캠프 세 아이들과 천 냥 마을 세 아이들뿐이었다.

"찾는 보물이 뭐야? 어디부터 갈까?"

람보의 물음에 몽보가 한발 나서며 말했다.

"잠깐. 나 너무 배고파. 우리 빵집부터 가자."

"넌 이름을 몽보가 아니라 먹보로 지었어야 했는데."

태오의 말에 은우와 미소가 키득거렸다. 하지만 천 냥 마을 아이들은 '먹보'라는 뜻을 모르는 듯 눈만 껌벅였다.

"먹보는 많이 먹는 돼지라는 뜻이야."

은우의 말에 몽보가 부끄러운 얼굴로 머리를 긁적였다.

"그런 말은 하지 마. 함부로 놀리는 거 아니야."

"맞아. 장난스러운 말에도 상처받을 수 있으니까."

람바와 로니가 옆에서 선생님처럼 말했다.

"빨리 빵집으로 가기나 해. 나도 배고프니까."

은우의 재촉에 천 냥 마을 아이들은 더 이상 말을 하지 않고 빨리 걸었다. 모두들 배가 고파서 빵을 두 개씩은 먹어 줘야겠다고 생각했다.

한편, 자신의 성으로 돌아온 구라는 모처럼 기분이 매우 좋았다. 람바, 몽보, 로니 그 녀석들 때문에 후퇴하긴 했지만 아주 마음에 드는 아이들을 발견해서였다.

"그동안 바른 말 캠프에서 온 녀석들 중에 가장 마음에 들어. 말에서 느껴지는 독기가 아주 최강이었어. 그 녀석들을 이

용하면 천 냥 마을 하나 없애는 건 식은 죽 먹기일 거야."

구라는 벌써부터 승리를 한 듯 콧노래를 흥얼거렸다. 그때 구라의 흥겨움에 찬물을 끼얹는 소리가 들렸다.

"그렇게는 안 될 거 같은데. 여태까지 바른 말 캠프에서 온 사람들은 다 착해져서 나갔잖아. 넌 이번에도 실패할 거야."

감히 구라의 계획에 초를 치는 사람은 '키노'였다. 키노는 정확히 말하면 사람이 아니라 나무인형으로, 거짓말을 하면 코가 길어진다는 '피노키오'의 먼 친척이었다.

피노키오는 진짜 사람이 되었지만 키노는 계속 거짓말을 일삼으며 사람이 되길 거부했다. 그러다 구라를 만나 서로 유일한 친구로 지내고 있었다. 하지만 둘은 언제 서로가 거짓말을 할지 몰라 경계하는 이상한 친구 사이였다.

"흥! 네 코가 짧아진 걸 보니 진심으로 하는 말 같네. 하지만 내 생각이 맞을 거야. 이번에 온 녀석들은 아주 독한 녀석들이었어. 원래 말이란 건 버릇이 되지. 그 정도로 독한 말버릇이라면 쉽게 고쳐지지 않을 거다. 그 녀석들을 이용하면 분명히 승산이 있을 거야."

구라는 다시 콧노래를 흥얼거렸다. 키노는 원래 구라를 잘 믿지 않았지만 어쩐지 이번엔 꼭 성공할 것 같은 느낌이 들었다.

· · ·

입안에 가득한 달콤함과 코끝을 감싸는 고소한 버터 향까지! 바른 말 캠프 아이들은 환상적인 빵 맛에 온몸이 녹아내리는 기분이었다.

"어때? 진짜 맛있지?"

몽보가 자랑스럽게 물었다. 이곳은 몽보의 아버지가 운영하시는 빵집이었다. 눈앞에는 몽보의 아버지가 갓 구워 낸 빵들이 쌓여 있었다.

"뭐 그냥 먹을 만해."

은우는 괜히 맛있다고 말하기가 싫어 마음과는 달리 시큰둥하게 대답했다.

"배고프니까 먹는 거지. 난 원래 빵 안 좋아해."

태오도 마찬가지였다.

"맛은 있는데 가게가 낡았어. 바퀴벌레는 없는 거지?"

미소도 못마땅한 표정으로 가게를 두리번거리며 말했다. 모두들 투덜거리며 불평했지만 냠냠 쩝쩝 빵을 아주 맛있게 먹었다. 세 사람 말에 천 냥 마을 아이들의 표정이 어두워졌다.

"맛있을 때는 맛있다고 말해 주는 게 좋은 거란다. 그게 음식을 만든 사람에 대한 예의이기도 하지."

74

어느 새인가 몽보 아버지가 다가와 말을 건넸다.

"그렇게 맛있진 않았는데요?"

"원래 빵을 안 좋아해서 솔직하게 말한 건데, 그게 잘못인가요?"

"전 맛은 있다고 했어요. 하지만 가게가 낡은 건 사실이잖아요."

세 사람의 대꾸에 몽보 아버지의 얼굴이 살짝 어두워졌다.

"음……. 부끄러울 수도 있겠지만 남을 칭찬하는 데 인색하면 안 돼. 안 좋은 점을 지적하기보단 좋은 점을 먼저 칭찬해 보렴."

"아저씨, 여기도 그런 말이 있는지 모르겠는데요. 우리가 사는 세계에서는 이런 속담이 있어요. '밥 먹을 때는 개도 안 건드린다'라는 말이요. 먹는 데 불편하게 왜 이래요?"

태오가 몽보 아버지를 향해 불쾌한 얼굴로 따졌다.

"식사를 방해한 건 미안하구나. 하지만 이 아저씨 말을 새겨 들어줬으면 좋겠다."

"아 됐다고요! 그만 좀 해요! 이딴 가게 안 오면 그만이지."

은우가 버럭 소리치더니 벌떡 일어나 가게를 나갔다. 밥 먹을 때마다 잔소리를 하던 엄마가 떠올라 화가 났기 때문이었다. 그건 태오와 미소도 마찬가지였다. 결국 세 사람은 맛있는 빵을 남겨 두고 나올 수밖에 없었다.

"잠깐만! 너희 그러면 안 돼."

천 냥 마을 세 아이들이 따라 나와 말했다.

"몽보 아버지 빵 가게가 아니면 제대로 먹지 못할 거야."

"그게 무슨 소리야? 지금 협박하는 거야?"

"뭐, 설마 가게가 여기 하나뿐이야?"

"하나는 아닌데, 바른 말 캠프 손님들의 식사는 몽보 아버지가 책임지시거든. 그걸 거부하면 산에서 열매나 따먹어야 할걸."

태오는 비웃으며 던진 물음이 사실일 줄은 정말 몰랐다. 람바의 말에 세 사람은 어이가 없었다. 아주 잠깐 후회되었지만, 자존심 상하게 이미 뱉은 말을 다시 주워 담긴 싫었다.

"됐어! 우린 오늘 안으로 여길 떠날 거야!"

"맞아. 얼른 보물 찾게 길 안내나 해."

은우와 태오가 선언하며 명령하듯 말했다. 미소는 이미 저만치 앞서 걸어 나가고 있었다.

은우와 태오는 천 냥 마을 아이들에게 태블릿과 게임기가 뭔지 설명하다 지쳐 버렸다. 그래서 맨 먼저 신발 가게에 도착했다. 천 냥 마을 아이들이 알고 있는 건 그나마 신발이었기 때문이었다. 미소는 다행이라고 여기며 기대를 했다. 하지만 그 기대는 곧 깨지고 말았다. 린스타는커녕 린스타와 비슷한 신발조차 발견할 수 없었다.

"후유. 이런 식이면 그냥 돌아가는 게 낫겠어."

"맞아. 그냥 경품은 포기하자."

"그래. 여기 있으면 있을수록 스트레스만 쌓여."

세 사람은 결국 페토 할아버지에게 가기로 했다.

"보물은 다 찾았니?"

페토 할아버지가 속도 모르고 웃으며 물었다.

"아니요. 그냥 가기로 했어요. 우리 세계로 돌아가는 길을 알려 줘요."

태오의 말에 페토 할아버지가 고개를 저었다.

"가고 싶다고 해서 바로 갈 수는 없단다. 바른 말 캠프로 가는 문이 열려야 해."

"그 문이 어디 있는데요?"

"너희들이 있는 곳이라면 어디서든 열릴 수 있단다."

"언제 열리는데요? 어떻게 열 수 있죠?"

"설마, 착한 말을 해야 열리는 건가요?"

미소의 질문에 페토 할아버지가 고개를 끄덕였다. 설마 했는데, 역시 뻔했다. 모두 예상한 일이었기에 헛웃음만 새어 나왔다. 그때 은우가 갑자기 결심한 듯한 표정으로 불쑥 말했다.

"페토 할아버지, 수염이 멋져요."

태오는 은우가 뜬금없이 내뱉은 칭찬에 잠시 어리둥절했다. 하지만 곧바로 눈치채고 착한 말을 보탰다.

"할아버지는 많은 걸 알고 계시네요. 정말 똑똑하고 지혜로워요."

"할아버지, 아프지 말고 지금처럼 오래오래 건강하세요."

미소 또한 최대한 다정한 어투로 착한 말 릴레이에 동참했다. 그러고는 속으로 다섯까지 센 다음 물었다.

"어때요? 열렸어요? 바른 말 캠프로 가는 문?"

"아니. 보다시피 전혀 열리지 않았다."

"아, 왜 안 열려요? 착한 말 했는데!"

은우가 억울하다는 듯 소리를 높였다.

"너희들의 착한 말에는 진심이 없어서 그런 거란다. 진심이 담긴 고운 말을 하면 문이 열릴 거야."

그제야 세 사람은 입을 꾹 다물었다. 페토 할아버지에게 했던 말들 모두 오직 이곳을 빠져나가고 싶은 마음에 한 말이었기 때문이었다.

"다 틀렸어. 이제 어떡하지? 언제까지 여기 있어야 하지?"

은우가 땅에 굴러다니는 돌멩이를 발로 차며 골을 부렸다.

"저희는 잘 곳도 없다고요."

태오의 볼멘소리에 페토 할아버지가 말했다.

"저 산꼭대기에 손님용 오두막이 있단다. 하지만 거기는 가끔씩 늑대가 나타나기 때문에 너희 같은 어린 손님들에게는 추천하지 않아. 각자 람바, 몽보, 로니의 집에서 묵는 건 어떠니?"

"난 쟤들 집에서 자는 건 싫은데. 또 착한 말 하라고 잔소리할 것 같아."

은우가 태오와 미소에게 속삭였다.

"나도 마찬가지야. 하지만 늑대가 있다잖아. 늑대에 물려 죽는 것보단 쟤들 집이 나은 것 같은데."

"맞아. 산속 오두막보다는 그래도 집이 조금이라도 낫겠지."

태오의 말에 미소도 동의했다. 은우는 혼자 산속 오두막에 갈 용기가 없어, 할 수 없이 천 냥 마을 아이들 집으로 가기로 했다.

"음, 내 생각엔 태오가 우리 집에 가고 은우는 람바네에, 미소는 로니네에 가는 게 좋겠어.”

“맞아. 은우는 아까 몽보 아버지 빵집에서 화를 내고 나가
버려서 몽보네에서 자기 좀 민망할 것 같고, 미소는 여자니까
로니 집에 가는 게 편할 것 같아.”

몽보의 의견에 람바와 로니도 동의했다. 사실 은우는 유준이
생각이 나서 람바네 집에 가기 불편했고 태오는 은동이 때문
에, 미소는 윤지 때문에 로니네 집에 가는 게 불편했지만 어쩔
수 없이 제일 나은 선택 같았다.

“여기가 내 방이야. 은우 네가 내 침대에서 자. 나는 밑에서
잘게.”

람바가 은우에게 침대를 양보했다. 은우는 옳다구나 하고 침
대에 철퍼덕 몸을 던져 누웠다.

“아, 시원한 콜라 한 잔만 마셨으면 좋겠다.”

“콜라가 뭐야? 난 처음 듣는데, 너희 세계에서 맛있는 거
야?”

“흠, 역시 여기엔 없을 줄 알았어. 그런 게 있어. 말하자면
꿀물처럼 단데 톡 쏘는 시원함이 있는…….”

하루가 너무 길고 고단했던 은우는 말을 다 마치지도 못한

채 잠이 들어 버렸다.

눕자마자 잠이 든 건 태오도 마찬가지였다. 덩치가 큰 몽보답게 침대도 아주 크고 이불도 푹신해서 태오는 안경을 벗을 생각도 못하고 곯아떨어졌다.

"올라오면 죽인다더니, 누가 잡아가도 모르겠네. 헤헤."

태오의 으름장에 바닥에서 자던 몽보가 스리슬쩍 침대로 올라왔다. 몽보는 태오의 안경을 조심스레 벗겨 주고 그 옆에 누워 다시 편하게 잠을 청했다.

세 사람 중 가장 불편한 건 미소였다. 미소는 로니 집이 너무 허름해서 기분이 상했다. 그나마 로니의 할머니가 미소가 왔다고 큰방을 내주신 게 이 정도였다.

"미안해. 우리 집이 좀 많이 낡아서……."

미소의 못마땅한 표정을 본 로니가 작은 목소리로 말했다.

"정말 마음에 안 들지만 그나마 다행이라고 해야겠지. 너희 할머니가 방을 바꿔 주지 않았다면 진짜 더 끔찍했을 테니까. 넌 원래 그 방에서 언니랑 둘이 잔다고? 어떻게 그럴 수 있지?"

"오히려 언니랑 사이가 더 좋아졌는걸. 매일 딱 붙어 자니까. 우리가 좀 더 크면 방을 바꿔 주신 댔는데 그게 아쉬울 정도라니까."

"휴, 됐다. 말을 말자."

미소가 깊은 한숨을 쉬었다. 그 한숨은 이내 쌔근쌔근한 숨소리로 이어졌다.

"잘 땐 천사 같네. 말을 안 하니까."

로니가 미소의 잠든 얼굴을 바라보며 조용히 속삭였다.

바른 말 캠프 아이들과 천 냥 마을 아이들의 밤은 그렇게 깊어 갔다. 다음 날 아침 일어날 끔찍한 일에 대해서는 조금도 알지 못한 채로…….

괴물이 되다

은우가 눈을 떴을 때 방 안에는 아무도 없었다. 람바가 누웠던 이부자리는 말끔히 개켜져 있었다. 은우는 시원하게 기지개를 켠 다음 밖으로 나갔다.

"일어났구나! 잘 잤어?"

람바의 밝은 인사에도 은우는 뚱한 표정으로 '그럭저럭'이라고 답했다.

"이리 와 앉아. 같이 먹으려고 준비했어."

나무로 만든 둥근 식탁 위에는 분홍빛 우유 두 잔과 큼직한 빵 두 접시가 놓여 있었다. 몽보네 빵집에서 먹었던 빵 같았다.

은우는 맛있었던 빵을 또 먹을 생각에 들떠 의자에 앉았다.

"이거 우유야? 색깔이 왜 이래?"

"아, 우유에 딸기를 갈아 넣은 거야. 어제 네가 말한 콜라만큼은 아니라도 아주 달콤하고 맛있을 거야. 우리 집은 소를 키우거든. 마을 사람들이 마시는 우유는 다 우리 집에서 나오는 거야. 딸기는 로니네에서 따 온 거고."

람바가 싱글거리며 설명했다. 초코 우유를 좋아하는 은우였지만 그래도 흰 우유보다는 낫다고 생각하며 한 모금 들이켰다. 과연, 람바가 자랑할 만한 맛이었다. 우유는 신선하고 고소했다. 우유와 섞인 딸기의 단맛이 기분을 좋게 해 주었다.

"한 잔 더 줘."

"역시, 좋아할 줄 알았어!"

람바는 신이 나서 우유를 더 가지고 왔다.

"손님, 주문하신 딸기 우유 나왔습니다!"

람바가 식탁 위에 우유를 내려놓았다. 그 모습을 무심히 바라보던 은우는 놀라서 뒤로 넘어갈 뻔했다. 람바의 손에 은우가 그토록 찾고 싶었던 태블릿이 들려 있었기 때문이었다!

"너, 너, 그거……!"

"이거? 쟁반? 왜?"

"야! 태블릿을 쟁반으로 쓰는 바보가 어디 있어?!"

은우가 람바의 손에서 태블릿을 확 빼앗으며 소리 질렀다.

"너 이거 어디서 났어?"

"시장에서 룽고 아저씨한테 받은 건데. 룽고 아저씨는 보따리장수인데……."

"아, 됐어! 이 멍청아, 이게 내가 찾던 보물이란 말이야. 이거 깨졌으면 어쩔 뻔했어? 어휴, 진짜. 너 그렇게 멍청해서 어떡할래?

은우가 람바를 향해 험한 말을 쏟아 냈다.

"안 돼, 은우야. 그렇게 나쁜 말 하지 마."

"어후, 지겨워! 또 그 잔소리! 이건 나쁜 말이 아니라 사실이야. 너처럼 멍청할 바엔 죽어 버리는 게 낫겠어!"

그 순간, 은우는 갑자기 극심한 통증을 느꼈다. 마치 온몸 구석구석을 수십 수백 개의 바늘로 사정없이 쿡쿡 찌르는 것 같았다.

"아이고, 나 죽네! 아아악!"

은우는 바닥에 쓰러져 데굴데굴 굴렀다. 태어나서 처음 겪어 보는 통증에 미쳐 버릴 것만 같았다.

은우가 위험에 처한 그 시각, 태오도 간절히 원하던 게임기를 발견했다. 게임기는 몽보의 집 새장 속에 있었다. 몽보가 키우는 앵무새 타미는 '네가 최고야! 멋져!'를 반복해서 말하며 태오의 주위를 빙빙 날아다녔다. 비록 앵무새의 말이지만 기분이 좋아진 태오는 타미에게 먹이를 주고 싶었다. 그래서 새장 안에 먹이를 놔주다가 거기 있는 게임기를 발견했다.

타미는 게임기 위에 올라서서 뒤뚱거리며 버튼들을 발로 꾹꾹 눌러 댔다.

"야! 이 멍청한 새대가리야!"

태오가 얼른 게임기를 확 빼내자, 발판을 빼앗긴 타미가 놀라 푸드덕 댔다.

"태오야, 왜 그래?"

몽보가 다가오며 물었다.

"야, 너 바보야? 이걸 새장 안에 두면 어떡해?"

"아, 타미가 그걸 발로 누르는 걸 좋아해. 촉감이 좋은가 봐."

"이게 내가 찾던 보물이라고! 딱 보면 중요한 물건인지 아닌지 모르겠어? 이 귀한 걸 고작 새의 발판으로나 쓰다니, 넌 정말 멍청하구나. 뚱뚱하기만 하고 쓸모가 없어."

흥분한 태오가 막말을 쏟아 냈다.

"태오야, 그러지 마. 나쁜 말 하지 마. 큰일 나."

"흥! 큰일은 무슨! 네가 멍청한 게 제일 큰일이지! 이 돼지
야!"

태오가 실컷 소리를 치고 난 다음이었다. 갑자기 몽보가 창
백해진 얼굴로 물었다.

"태, 태오야, 너…… 괜찮아?"

"내가 뭐!"

태오는 통명스럽게 받아치면서도 벽에 달린 거울로 시선을
옮겼다.

"아악! 나 왜 이런 거야?"

거울 속 태오는 몸이 한껏 부풀어 올라 거대해져 있었고, 코
는 정말이지 돼지 코를 오려 붙인 것 같았다. 태오는 사람도 아
니고 돼지도 아닌, 괴상한 괴물로 변한 자신의 모습을 믿을 수
없었다.

거울 속 자신의 모습에 놀란 건 미소도 마찬가지였다.

미소는 로니네 집 작은 화단에서 그렇게 찾아 헤매던 린스타
신발을 발견했다. 로니가 린스타 신발을 화분으로 쓰고 있었던
것이다!

"앗! 내 신발!"

미소는 얼른 다가가 린스타 신발 속에 있는 흙을 다 파내고 신발을 요리조리 살펴보았다. 린스타 신발 한가운데에 작은 구멍이 뚫려 있었다.

"망했어! 망했다고!"

소란스러운 소리에 로니가 다가왔다.

"미소야, 왜 그래? 무슨 일이야? 앗! 꽃, 꽃이……!"

"야, 이 멍청아! 너 이걸 화분으로 쓰면 어떡해? 그리고 구멍은 왜 냈어?"

"그거야, 화분에 물구멍이 필요하니까……."

로니가 미소의 눈치를 보며 기어들어가는 목소리로 대답했다.

"그걸 말이라고 해? 이건 내가 찾던 보물이란 말이야! 이거 신발이라고!"

"미안해. 난 정말 몰랐어. 그런데 미소야, 꽃이 죽었어. 나한테 말했으면 꽃은 죽지 않을 수도 있었는데……!"

로니가 땅바닥에 팽개쳐진 꽃을 주워 들고 슬픈 얼굴로 바라보았다. 미소는 그 모습이 너무나 한심해 보였다.

"지금 꽃 따위가 문제야? 이게 얼마나 비싼 건데? 하긴. 넌 멍청하고 가난해서 뭐가 비싼 건지도 모르지? 진짜 구질구질하다."

"미소야, 그러지 마. 나쁜 말 하지 마."

"너 같은 답답한 애를 보고 이런 말을 안 하게 생겼어? 너 정말 생긴 거, 말하는 거 전부 다 거지같이 구질구질해!"

"미, 미소야…… 너 모습이……!"

"내가 뭐!"

씩씩거리며 화장실로 향한 미소는 거울 속 자신의 모습을 보곤 소리를 지르고 말았다.

얼굴은 해골처럼 말라 눈이 움푹 들어가 있었고, 윤기 나던 긴 머리는 싹둑 잘린 채 마구잡이로 엉켜 있었다. 거기다 입고 있던 옷은 군데군데 구멍이 뚫린 채였다. 거울 속 모습은 며칠은 굶은 것 같은 형편없는 거지의 모습이었다.

"악! 이럴 순 없어, 말도 안 돼!"

미소의 공포 가득한 비명 소리가 로니가 서 있는 집 밖까지 퍼져 나갔다.

침묵의 돌, 묵묵

"아악! 정말 아파 죽을 것 같아! 이 나쁜 놈들아! 나한테 무슨 짓을 한 거야?"

"이런 돼지 새끼가 나라니, 믿을 수 없어! 너희들, 가만두지 않을 거야!"

"어서 내 모습을 돌려내! 돌려내라고!"

아파서 데굴데굴 구르는 아이와 괴상한 모습으로 변해 버린 두 아이는 고래고래 소리를 질렀다. 마을 사람들은 아이들이 안타까웠지만 여전히 험한 말을 멈추지 않는 걸 보고 조금은 고소하기도 했다.

"지금 너희가 이런 고통을 당하는 이유는 람바, 몽보, 로니에게 험한 말을 했기 때문이다."

페토 할아버지가 무거운 목소리로 말했다.

"역시, 너 때문이었어!"

바른 말 캠프의 세 아이들이 천 냥 마을 아이들을 노려보며 한목소리로 말했다.

"아냐, 오해야. 우린 너희가 이렇게 고통받길 원하지 않아."

천 냥 마을 아이들은 모두 난처한 표정이었다.

"거짓말!"

"위선자!"

"왕재수!"

나쁜 말을 쏘아 댔지만 그 말들은 전부 부메랑처럼 되돌아왔다. 세 사람은 더 아프고 더 거대해지고 더 해골처럼 변해 가기 시작했다.

"람바, 몽보, 로니에게는 상대방의 나쁜 말을 반사시켜 그대로 돌려주는 능력이 있다. 우리 마을 수호자에게만 주어지는 능력이지. 그러니 세 사람에게 나쁜 말을 할수록 너희는 점점 고통스러워질 거야."

페토 할아버지의 말에 세 사람은 동시에 입을 딱 다물었다.

마을에 겨우 고요가 찾아왔지만 얼마 지나지 않아 세 사람의 대성통곡으로 깨져 버렸다.

"사, 살려 줘……. 너무 아파 죽을 것 같아."

"이대로 살 바엔 차라리 죽는 게 나을지도 몰라. 괴로워."

"난 점점 힘이 없어져. 너무 힘들어."

세 사람이 엉엉 울며 힘겨워하는 모습을 보자 천 냥 마을 아이들은 마음이 아팠다. 람바가 페토 할아버지를 보고 진심으로 말했다.

"할아버지, 제 목걸이를 애들에게 주고 싶어요."

"저도요. 아주 잠깐이면 되잖아요."

"맞아요. 애들이 원래대로 돌아올 때까지만요."

몽보와 로니도 페토 할아버지에게 매달렸다.

"안 돼!"

"맞아! 우리 마을이 위험해질지도 모른다!"

지켜보던 마을 사람들이 너도나도 나서서 반대했다.

"전 은우를 믿어요. 은우가 고통스러워하는 걸 못 보겠어요."

"저도 태오를 돕고 싶어요."

"저도 미소를 도울래요. 저희를 믿어 주세요."

페토 할아버지는 어떻게 해야 할지 고민스러웠다. 하지만 결국 천 냥 마을 아이들의 간절한 눈빛이 페토 할아버지의 마음을 움직였다. 페토 할아버지가 고개를 끄덕이자 천 냥 마을 아이들은 고통에 몸부림치는 바른 말 캠프 아이들에게 다가갔다.

천 냥 마을 아이들은 각자 옷 속에 감춰 두었던 목걸이를 빼 들었다. 그러곤 람바는 은우에게, 몽보는 태오에게, 로니는 미소에게 목걸이를 걸어 주었다.

"이건 착한 말을 흡수하고 나쁜 말을 반사하는 목걸이야."

"우리 마을을 지키는 수호 능력은 이 목걸이에서 나오는 거야."

"곧 원래대로 돌아올 거야. 우리가 도와줄게."

원래대로 돌아온다는 말에 바른 말 캠프 아이들은 울음을 뚝 멈추고 세 사람을 바라보았다.

"대신 한 가지 약속할 게 있어. 이 목걸이를 걸고 있는 동안은 절대 나쁜 말을 하면 안 돼. 할 수 있겠어?"

로니의 물음에 바른 말 캠프 아이들은 세차게 고개를 끄덕였다.

"응, 안 해, 안 해."

"절대 안 해."

"믿어 줘."

바른 말 캠프 아이들은 저마다 굳게 맹세했다. 천 냥 마을 아이들은 그 모습에 고개를 끄덕이곤 말을 하기 시작했다.

"은우야, 내가 만든 딸기 우유를 맛있게 먹어 줘서 진짜 고마웠어. 너는 참 좋은 아이야."

"태오야, 내가 너 몰래 침대 위에 올라가서 잤는데 아침에 눈떴을 때 화 안 내서 기뻤어. 넌 아는 것도 많고 참 좋은 아이야."

"미소야, 너도 추웠을 텐데 나한테 두툼한 이불 양보해 줘서 너무 고마웠어. 넌 얼굴도 예쁘고 마음씨도 참 예쁜 아이야."

천 냥 마을 아이들의 진심 어린 말이 전해지자 바른 말 캠프 아이들이 하고 있던 목걸이에서 반짝, 빛이 나기 시작했다. 목걸이가 그 고운 말들을 흡수한 것이었다.

조금 뒤, 바른 말 캠프 아이들은 언제 그랬냐는 듯 원래 모습을 되찾았다.

"아우 씨, 진짜 죽는 줄 알았네. 젠장."

"맞아, 이게 무슨 생고생이야. 너무 병신 같아."

"이딴 일을 겪다니, 정말 재수 없어."

바른 말 캠프 아이들이 안도의 한숨을 내쉬며 말을 내뱉었다. 그런데 그 순간, 각자 목에 걸고 있던 목걸이에 금이 가더니 깨지고 말았다.

"안 돼!"

"나쁜 말을 하다니……!"

"안 하기로 약속했잖아!"

세 사람은 천 냥 마을 아이들과 깨진 목걸이를 번갈아 쳐다보았다. 세 사람의 얼굴이 당혹감으로 물들었다.

"나, 난 너희한테 나쁜 말 한 게 아니야."

"그래, 난 욕할 생각이 아니었어."

"맞아. 난 그냥, 그냥 한 말인데?"

그때, 하늘에서 기분 나쁜 웃음소리가 들려왔다. 바로 구라였다. 옆에는 키노도 있었다.

"으하하하! 거봐! 키노야, 내가 뭐랬어? 말은 버릇이라고 했잖아. 쟤네들은 나쁜 말을 하는 게 습관이 된 거야. 그래서 좋을 때도 욕을 안 하고선 표현을 못 하는 거지."

"거짓말일 줄 알았더니 이번엔 진짜였네. 쟤네들 목걸이가 깨졌으니, 이번에야말로 구라 네가 이기겠는걸?"

승기를 잡은 구라는 기세를 몰아 바른 말 캠프 아이들에게 솔깃한 제안을 했다.

"너희 집에 가고 싶지? 난 너희가 이 마을을 벗어날 수 있는 방법을 알고 있어."

"안 돼, 얘들아. 구라 말 믿지 마. 거짓말이야."

람바가 소리쳤다.

"네 이름이 구라인 건 하는 말마다 거짓말이어서겠지. 그런 네 말을 어떻게 믿지?"

태오가 차갑게 대꾸했다.

"너희가 착한 말을 해야 바른 말 캠프로 돌아가는 문이 열리지. 하지만 보다시피 너희는 나쁜 말이 몸에 배어서 착한 말을 하기가 힘들어. 게다가 목걸이가 깨지는 바람에 원래보다 더 강력하고 진심 어린 고운 말이 필요한데, 그걸 너희가 할 수 있을까?"

세 사람은 흔들리기 시작했다.

"솔직히 난 좀 힘들어⋯⋯. 착한 말을 하려면 손발이 오그라드는 느낌이라고⋯⋯."

은우가 쭈뼛거리며 속내를 털어놓았다.

"만약에⋯⋯ 우리가 진심을 담아서 착한 말을 했는데 진심이 모자라다면서 문이 안 열리면 어떡해? 좀 전에 우리가 나쁜 말을 할 의도가 없었는데도 목걸이가 깨져 버렸잖아. 여긴 너무

까다로운 곳이야. 솔직히 난 정말 지쳤어. 하루 빨리 여기를 떠나고 싶은 마음뿐이야."

미소도 걱정스런 마음을 내비쳤다. 태오도 두 사람의 생각과 같았다. 바른 말 캠프의 문이 열리길 하염없이 기다리기보다는 구라의 말을 믿는 게 더 나아 보였다.

"좋아. 우리가 어떻게 하면 돼?"

"태오야, 안 돼!"

몽보가 울먹이며 말렸다. 그러자 키노가 하늘에서 내려와 몽보를 밀쳐 내며 말했다.

"여기, 내 코에 타."

세 사람은 키노의 코에 올라탔다.

"은우야, 가지 마!"

"가면 안 돼, 미소야!"

람바와 로니가 간절하게 외쳤지만 아무도 돌아보지 않았다. 아이들을 태운 키노는 구라의 뒤를 따라 날아갔다.

"우리도 어서 가자꾸나! 마지막까지 우리 마을을 지켜야 한다!"

페토 할아버지가 천 냥 마을 아이들에게 말했다. 페토 할아버지의 휘파람 소리에 어디선가 새하얀 큰 새가 날아왔다. 페

토 할아버지와 아이들을 태운 새는 키노보다 훨씬 빠른 속력으로 날았다.

어느덧 키노가 멈춘 곳에는 페토 할아버지와 세 아이들이 먼저 도착해 있었다.

"키노, 이 느려 터진 녀석. 넌 언제쯤이면 페토의 새를 이길 수 있을 것 같아?"

"멍청하긴. 난 삐걱거리는 두 팔로 날고, 쟤는 큰 날개로 나는데, 내가 어떻게 이기냐?"

구라의 타박에도 키노는 아랑곳하지 않았다.

"자, 저길 봐. 저건 침묵의 돌, 묵묵이다."

세 사람은 구라가 가리키는 곳으로 시선을 돌렸다. 거기엔 사람 입술 모양의 커다란 돌이 있었다. 그리고 페토 할아버지와 천 냥 마을 아이들이 그 옆을 지키고 서 있는 게 보였다.

"저 돌이 입을 벌려야 여기서 나가는 길이 열린다. 자, 어서 저 돌을 향해 너희가 할 수 있는 나쁜 말들을 모두 쏟아 내 봐. 그러면 저 입이 벌어질 테니까."

구라가 갑자기 다정한 목소리로 속삭였다. 목소리가 얼마나 달콤한지 귀에 꿀을 바른 게 아닐까 착각이 들 정도였다.

"안 돼, 얘들아. 그러면 천 냥 마을이 망해!"

"우리 천 냥 마을을 살려 줘. 부탁이야!"

"너희는 할 수 있어! 제발 나쁜 말은 하지 말아 줘!"

람바, 몽보, 로니가 바른 말 캠프 아이들에게 외쳤다.

"어서 해! 그래야 나가는 길이 열린다. 여기 있으면 고운 말을 하라고 계속 강요할걸? 답답하잖아! 주먹으로 때리는 것도 아니고, 나쁜 말 좀 하면 어때? 욕을 하면 속 시원해지고 좋은 면도 있잖아."

구라가 세 사람을 부추겼다. 세 사람은 구라의 말이 옳다고 생각했다.

'그래. 폭력을 쓰는 것도 아닌데, 그깟 말쯤이야 뭐 어때.'

'화가 날 때 욕을 하면 분이 풀리고 좋기도 한걸.'

'바른 말을 쓰라고 강요당하는 거, 정말 지겨워!'

세 사람은 침묵의 돌 묵묵 앞으로 성큼성큼 나아갔다. 그러곤 묵묵을 향해 말을 하기 시작했다.

"이 마을은 재수 없어!"

"망하든 말든 우린 상관없다고!"

"너희들이나 바른 말 실컷 해! 우릴 고치려고 들지 마! 역겨우니까!"

그때, 묵묵의 입이 서서히 벌어지기 시작했다. 벌어진 틈 사이로 검은 연기가 스멀스멀 새어 나왔다.

"지금이라도 늦지 않았어. 그 말 취소해 줘!"

"진심이 아니라고 해 줘!"

"너희는 착한 아이잖아."

람바, 몽보, 로니가 눈물을 흘리며 애원했지만 바른 말 캠프 세 아이들은 그 부탁을 모른 척했다.

돌에서 새어 나온 검은 연기가 거대한 회오리바람이 되어 천 냥 마을 아이들을 감쌌다. 페토 할아버지가 지팡이를 휘둘러 아이들을 지키려 했지만 역부족이었다. 검은 회오리는 눈 깜짝할 사이에 천 냥 마을 전체를 덮었다.

"그래도 난…… 너희에게 목걸이를 내준 걸 후회하지 않아."

검은 회오리에 몸이 묶인 람바가 힘없는 목소리로 말했다.

"나도. 너희를 구할 수 있어서 좋았어."

"나도 그래. 너희가 무사해서 다행이야."

몽보와 로니도 검은 회오리 속에서 점점 의식을 잃어 갔다.

"안녕……."

람바의 몸이 축 늘어지더니 땅으로 툭 떨어졌다. 몽보와 로니도 마찬가지였다.

"뭐, 뭐야? 설마 죽은 거야?"

하 하 하 하 하!

"말도 안 돼! 죽다니?"

당황한 세 사람이 뒤를 돌아 구라를 보자, 구라가 속이 시원하다는 듯 웃으며 말했다.

"맞아! 죽었어! 너희가 죽인 거야. 나쁘고 독한 말로. 아주 잘했어."

"그건 우릴 여기서 벗어나게 해 준다고 해서 한 거잖아."

"맞아!"

"애들이 죽을 줄은 몰랐다고!"

세 아이들이 소리쳤다. 모두들 얼굴에 당혹감과 공포심이 서려 있었다.

"침묵의 돌이 입을 벌리면 마을이 망할 거라는 말, 못 들었어? 그 말을 들었는데도 선택한 거잖아."

구라의 뻔뻔한 말이 가슴을 아프게 찔렀다. 자신들의 선택이 천 냥 마을 아이들을 죽이는 선택이었다니, 도무지 믿을 수 없었다.

"정말 우리가 죽인 걸까?"

"꺼지라고, 망하라고 소리쳤잖아. 우리가……."

"마을이 망해도 살 수는 있는 거 아냐? 애들이 죽을 줄 알았다면 절대 그러지 않았을 거야."

미소가 울먹이며 후회했다. 묵묵이 빨리 오라는 듯 입을 한 껏 벌리고 있는데도 세 사람은 떠나지 못했다. 땅바닥에 눈을 감고 축 늘어져 있는 람바 몽보 로니를 두고 가자니 차마 발걸음이 떨어지지 않았다.

"미안해, 얘들아. 너희는 우릴 구해 줬는데……."

"너무 늦었겠지만…… 이제 나쁜 말은 절대 하지 않을게."

"잘못했어. 그러니까 제발 눈 떠 주면 안 돼? 흐흑."

세 사람은 뜨거운 눈물을 흘리며 뒤늦은 후회를 했다. 그때 구라가 묵묵을 향해 손을 뻗었다. 묵묵의 입에서 새어 나오던 검은 연기가 구라의 손으로 빨려 들어가면서 벌어진 틈이 닫히려고 했다.

"쟤네들 보내 주기로 했잖아?"

"내 이름 구라인 거 잊었어? 당연히 거짓말이었지! 내 부하로 삼아서 괴롭힐 거야. 후후."

키노의 물음에 구라가 비열하게 웃으며 답했다.

"우릴 속였어! 이 거짓말쟁이!"

은우가 분해서 소리쳤다.

"이 구라의 말을 믿은 너희가 잘못이지. 하하."

구라의 웃음소리가 사방에 쩌렁쩌렁 울렸다. 은우의 꽉 쥔 주먹이 부들부들 떨렸다.

"이럴 시간이 없어! 얼른 뛰어!"

태오와 미소가 은우의 팔을 잡아끌었다. 세 사람은 침묵의 돌 앞으로 전력을 다해 뛰어갔다. 하지만 이제 돌 틈은 종이인 형이나 통과할 만큼 좁아진 채였다.

"이런. 어쩌나. 여길 벗어나기엔 이미 너무 늦은 것 같은데? 평생 나와 함께하는 수밖에."

구라가 세 사람을 향해 손을 뻗었다. 구라의 손에서 검은 연기가 피어오르기 시작했다.

"아아! 이제 다시는 나쁜 말 같은 건 절대 안 할게요! 제발 한 번만 용서해 주세요!"

세 사람은 묵묵을 향해 절실한 마음으로 외쳤다.

"소용없대도 그러네! 어서 이리 와!"

구라가 손끝에 힘을 끌어모으자 검은 연기가 다시 거세졌다. 세 사람은 구라가 만들어 낸 검은 회오리를 보며 두려움에 휩싸였다.

그때였다. 묵묵의 꾹 다물린 입술에서 가느다란 빛 한 줄기가 새어 나오는 게 보였다.

"저, 저기 봐! 빛이야!"

미소의 외침에 은우와 태오가 고개를 돌렸다. 구라의 검은 회오리가 폭죽처럼 솟구쳐 오른 순간, 묵묵의 입이 쫙 벌어지며 눈부신 빛이 쏟아져 나왔다. 구라의 회오리 정도는 가뿐히 집어삼키는 거대한 빛이었다.

눈부신 빛이 세 사람을 감쌌다. 천 냥 마을에 처음 올 때와 똑같은 느낌이 온몸을 휘감았다.

'드디어 돌아가는구나…….'

세 사람은 안도감을 느끼며 강렬한 빛에 몸을 맡긴 채 스르르 눈을 감았다.

바른 말 소년 소녀

"여행은 끝났다. 모두들 정신 차려."

낯익은 목소리가 들리고 머리에서 무언가 벗겨져 나가는 느낌이 들었다.

"자, 하나 둘 셋 하면 눈을 뜹니다. 하나, 둘, 셋!"

은우, 태오, 미소는 구령에 맞춰 눈을 번쩍 떴다. 눈앞에 바른 말 캠프 담당자 레드맨이 있었다.

"돌아왔어! 무사히 돌아왔다고!"

은우가 태오와 미소를 보고 들뜬 목소리로 외쳤다. 태오와 미소도 기뻐하며 가슴을 쓸어내렸다.

114

"조용! 아직 정신을 못 차렸나 본데, 돌아온 게 아니라 체험
이 끝난 거다."

레드맨이 세 사람을 향해 말했다. 세 사람의 고개가 동시에
레드맨 쪽으로 휙 돌아갔다. 체험이라니? 그게 무슨 말이지?

"너희들 세 명은 바른 말 캠프에서 소란을 일으켰고 블랙 멤
버가 되었다. 그래서 이 체험관으로 끌려와 가상 체험을 한 거
다. 이른바 '역지사지 체험 시스템!' 이 체험은 다른 VR 가상
체험과 달리 우리 바른 말 캠프가 만들어 낸 최첨단 리얼리티
스토리 시스템이지."

"말도 안 돼……."

"이게 다 가짜였다고?"

"아직도 이렇게 생생한데?"

세 사람은 얼떨떨한 표정으로 주위를 둘러보았다. 옆에 VR
체험에 쓰이는 고글이 놓여 있었다. 아까 머리에서 무언가 벗
겨지는 느낌이 이거였나 싶었다.

"너희는 천 냥 마을을 망하게 만들었고 미션에 실패했다. 따
라서 너희에게 줄 경품은 없다."

레드맨이 죄수에게 죄를 선고하는 판사처럼 말했다. 세 사람
은 경품이 없다는 말에 화가 나지 않았다. 그저 천 냥 마을이

망했고 람바와 몽보, 로니가 죽었다는 사실이 가슴 아플 뿐이었다. 그게 비록 가상의 세계라고 할지라도 너무나 슬펐다.

"이 체험을 계기로 너희에게 변화가 있었으면 한다. 표정들을 보아하니, 아무 쓸모없는 체험은 아니었던 것 같군. 그럼 각자 숙소로 돌아가도록."

세 사람은 체험관을 나왔다.

"난 말이야, 어쩐지 천 냥 마을이 진짜로 있을 것 같은데."

"최첨단 리얼리티 스토리 시스템이라잖아. 우리는 최첨단 기술을 체험한 거야."

은우의 말에 태오가 이성적으로 대답했다. 하지만 사실 태오도 속으로는 은우의 말에 끌렸다.

"자, 잠깐! 내 목에 목걸이가 있어! 로니의 목걸이야!"

미소가 걸음을 멈추고 소리쳤다. 그 말에 은우와 태오도 자기 목을 살펴보았다. 각자 람바와 몽보의 목걸이가 걸려 있었고, 깨진 팬던트도 그대로였다.

"단순히 체험일 뿐이라면 어떻게 이 목걸이가 우리한테 있는 거지?"

"글쎄. 레드맨 선생님이 타이밍에 맞춰 걸어 준 거 아닐까. 좀 더 실감 나는 효과를 위해서."

태오가 이번에도 차분히 대꾸했다.

"그래. 그거 말 되네. 태오 넌 참 똑똑한 것 같아."

기대로 부풀어 올랐던 은우와 미소의 마음이 한순간에 쪼그라들었다.

"난 그래도 실제로 있었다고 믿고 싶어. 우리 때문에 죽었는데 잊어버리면 애들이 슬퍼할 것 같아. 계속 기억해 줄 거야."

미소가 깨진 목걸이를 손에 꼭 쥐고 말했다. 은우와 태오는 아무 말도 하지 않았지만 미소처럼 자기 목걸이를 손에 꼭 쥐었다.

・・・

"그게 그러니까…… 내가 너한테 찌질하다고 한 거 사과할게. 너 울보 찌질이 아니야. 내 말이 심했어. 앞으로 다시 그런 말 하지 않을게."

유준이는 은우의 사과에 조금 어리둥절했다. 너무 갑작스러워서였다. 하지만 은우의 눈빛에서 진심이 느껴졌다. 진심 어린 사과라면 받아 주는 게 당연했다. 유준이가 이내 환한 미소를 지어 보이며 말했다.

"사과해 줘서 고마워. 역시 은우 넌 좋은 아이야. 이거 마실래?"

유준이가 가방에서 무언가를 꺼내 건넸다.

"수제 딸기 우유야. 엄마랑 나랑 같이 만든 거거든. 은우 넌 콜라를 좋아하지만 그래도 한번 마셔 봐. 아주 맛있어."

그 순간 은우는 람바를 떠올렸다.

'그래. 어쩌면 유준이가 날 바른 말 캠프로 가게 했을지도 몰라. 람바가 유준이의 얼굴을 하고 있었으니까. 유준이가 람바고, 람바가 유준이야. 천 냥 마을에서는 람바를 잃었지만 현실에서 유준이한테 누구보다 잘해 줄 거야.'

"정말 맛있다. 이렇게 맛있는 거 만들어 줘서 고마워."

은우는 유준이가 준 딸기 우유 한 통을 금세 다 비우고 다정하게 웃으며 말했다.

그 시각, 태오도 은동이에게 사과의 말을 전하는 중이었다.

"내가 너한테 했던 말, 사과할게. 먹보 뚱보라고 해서 미안해."

"아냐. 많이 먹는 것도 사실이고 뚱뚱한 것도 사실인데 뭐."

은동이가 침울한 얼굴로 대답했다.

"너 키가 엄청 크려고 그러나 보다. 우리 엄마가 그러시는데, 어릴 때 먹는 건 다 키로 간대. 만약에 커서도 살이 안 빠

지면 그때 다이어트하면 되잖아. 그러니까 우울해하지 마.”

“우아, 방금 태오 네가 한 말, 우리 엄마가 한 말이랑 똑같았어! 나 친구한테는 그런 말 처음 들어 봐!”

은동이가 눈을 동그랗게 뜨고 감탄했다. 그러다 이내 다시 시무룩해졌다.

“미안. 넌 내가 친구인 게 짜증 난 댔지…….”

“아, 아냐! 내가 너한테 한 말 중에 그 말이 제일 나빠. 너한테 그 말 한 거 후회해. 왜냐면…… 넌 나한테 좋은 친구니까.”

“진, 진심이야?”

은동이가 좀 전보다 더 동그래진 눈으로 물었다. 태오는 가만히 웃으며 고개를 끄떡였다.

“고마워. 태오야. 너도 나한테 정말 좋은 친구야. 그래서 말인데, 우리 집에 놀러 가지 않을래? 꼭 보여 주고 싶은 게 있거든. 아주 귀여운 거야.”

“음……. 그게 혹시 앵무새야?”

태오의 물음에 은동이가 헉, 소리를 내며 뒷걸음질 쳤다. 말도 안 했는데 어떻게 알았을까 몹시 놀란 얼굴이었다.

태오는 그 새 이름이 ‘타미’냐고는 묻지 않았다. 그럼 은동이가 정말 기절할 것 같아서였다. 대신 빨리 집에 가자며 앞장서 걸었다.

'몽보는 살아 있어. 지금 내 옆에 은동이라는 이름으로 말이
야.'

태오는 마음 한구석의 응어리가 조금은 풀어지는 걸 느꼈다.

"있잖아⋯⋯. 나한테 도로시 배역 양보하라고 한 거, 사과할
게. 선생님이 네가 불쌍해서 잘해 준 거라고 막말한 것도. 윤
지 너는 정정당당하게 배역을 맡게 된 건데, 내가 못되게 굴었
어. 이런 사과 한마디로 상처받은 네 마음이 풀릴지는 모르겠
지만 그래도 미안해."

미소는 부끄러운 마음에 차마 얼굴을 들지 못한 채 윤지에게
사과했다.

"음⋯⋯. 그 나쁜 말들이 미소 네 진심이라고 생각하진 않았
어. 그냥 화나서 그런 거라고 생각했어. 그래도 좀 많이 속상
했는데, 이렇게 사과해 줘서 고마워."

윤지가 차분하게 자기 마음을 전했다. 그러곤 초조하게 꼬물
대는 미소의 손 위에 자신의 두 손을 살포시 덮었다. 윤지의 따
뜻한 손이 닿자 미소는 온몸이 포근해지는 것 같았다.

"윤지 네가 연기할 행복한 도로시를 응원할게. 무대 위에서

꼭 행복한 모습 보여 줘."

"고마워. 나 되게 잘할 수 있을 것 같아. 지금 이미 미소 네 말 때문에 행복해졌거든."

윤지가 활짝 웃어 보였다. 그 모습이 꼭 로니 같아서 미소는 눈물이 날 뻔했다.

"참, 나 너한테 줄 거 있는데."

미소가 가방 안에서 무언가를 꺼내 윤지 앞으로 내밀었다. 하트 모양의 식물이 심겨 있는 작은 화분이었다.

"와, 하트호야잖아?"

미소의 얼굴이 꽃처럼 환해졌다.

"맞아. 너 식물 키우는 거 좋아하지?"

"응. 어떻게 알았어?"

"그냥. 그럴 거 같았어."

미소가 씩 웃으며 얼버무렸다. 미소는 윤지가 좋아하는 게 뭘까 생각하다 로니를 떠올렸다. 그러자 로니가 가꾸던 작고 예쁜 화단이 생각났다. 로니가 윤지고, 윤지가 로니라고 생각하면 꽃과 식물을 좋아할 거라는 건 충분히 예상 가능했다. 다만 어떤 걸 선물하느냐가 문제였다.

"어떤 걸 고를까 고민했는데, 이 식물 모양이 하트라서. 내 마음이라고 생각해 줘."

"미소야…… 고마워……!"

윤지는 화분을 조심히 내려놓더니 미소를 와락 껴안았다. 훌쩍이는 소리가 들리는 걸로 봐서 감동의 눈물을 흘리는 것 같았다. 미소는 마주 안은 윤지의 등을 가만히 토닥여 주었다.

어느 날 도착한 편지

어느 토요일 아침 눈을 떴을 때, 은우는 깜짝 놀라고 말았다. 늘 머리맡에 두고 자던 람바의 목걸이가 신비로운 푸른빛을 반짝였기 때문이다. 게다가 깨졌던 펜던트도 멀쩡했다.

"말도 안 돼! 어떻게 이런 일이……!"

그때 은우의 핸드폰에서 메시지 알림음이 연달아 울렸다. 태오와 미소의 메시지였다.

태오- 목걸이 봤어? 멀쩡해졌어!

미소- 내 거도! 그리고 방금 반짝였어!

태오- 오, 나도!

세 사람은 지금 당장 만나기로 했다. 이런 순간에 바른 말 캠프 동지들끼리 만나는 건 당연했다. 서둘러 집을 나서는데 문을 열자마자 바로 앞에 조그만 택배 상자가 보였다. 바른 말 캠프에서 보낸 것이었다. 상자를 열어 보니 입술 모양의 USB가 들어 있었다. 세 사람은 PC방에서 함께 USB를 확인하기로 했다.

세 사람이 컴퓨터에 USB를 꽂아 확인해 보니, 저장된 파일은 단 하나. 파일 이름은 '소중한 친구 – 은우 태오 미소에게'였다. 두근거리는 마음으로 파일을 클릭하자, 화면에 그리운 세 아이들의 얼굴이 나타났다.

"은우야, 태오야, 미소야, 안녕!"

천 냥 마을 아이들이 밝은 미소로 인사를 건넸다. 그리고 로니의 말이 이어졌다.

"우리가 죽은 줄 알고 많이 걱정했을 거야. 다행히도 너희들이 약속을 잘 지켜 준 덕분에 이렇게 회복할 수 있게 되었어. 구라는 자기 성으로 다시 쫓겨났고 말이야. 먼저 바른 말 고운 말을 쓰는 사람이 된 걸 축하해. 이제 우리가 만날 일은 없겠지만 앞으로도 늘 우리를 기억해 줬으면 좋겠어. 특히 나쁜 말을 하고 싶을 때는 꼭 한 번만 떠올려 줘! 너희 때문에 위험에 처했지만 덕분에 살아나기도 한 우리를 말이야. 사람의 말속엔 그 사

람의 마음이 담겨 있대. 때로 화가 나거나 힘들 때에도 나쁜 말
로 풀어 버리기보단 위로가 되는 말, 힘이 나는 말을 하면서 헤
쳐 나갔으면 좋겠어. 너희를 만나서 정말 좋았어."

로니의 말이 끝나자 람바와 몽보가 나섰다.

"은우야, 사랑해."
"태오야, 사랑해."
"미소야, 사랑해."

화면 속 아이들은 모두 손을 흔들며 환하게 웃으면서 '안녕'
이라고 말했다.

짧은 영상 편지였지만 은우, 태오, 미소는 마음이 가득가득
채워지는 기분이었다.

"나 경품 못 탄 거 하나도 안 아쉬워."

"나도. 이 선물이 더 맘에 들어."

"그러게. 바른 말 캠프, 좀 감동인데?"

세 사람의 얼굴에 아주 만족스러운 미소가 떠올랐다. 화면
속 아이들과 꼭 닮은 미소였다.

파랑 쪽빛 문고 003

바른말 캠프

초판 1쇄 인쇄 2024년 11월 18일
초판 1쇄 발행 2024년 11월 25일

글 은이재 그림 손수정
펴낸이 이은정
펴낸곳 파랑서재

책임 편집 에디트P
디자인 프리콤

주소 경기도 동두천시 강변로296번길 19, 102동 1302호
출판등록 제2021-000188호
전화 031-962-0706 팩스 031-8056-6581
인스타그램 @parangseojae @파랑서재
이메일 parangseojae@naver.com

ISBN 979-11-93245-03-3 74800
     979-11-977807-9-0 (세트)